울어라
개구리야

울어라 개구리야

초판 1쇄 펴냄 | 2014년 5월 10일

글 | 이호철
그림 | 김시영
편집 | 우백화
디자인 |여현미
펴낸이 | 정낙묵
펴낸 곳 | 도서출판 고인돌
주소 | 경기도 파주시 교하읍 문발동 617-12 1층 우편번호 413-832
전화 | (031) 943-2152
전송 | (031) 943-2153
손전화 | 010-2261-2654
전자우편 | goindo08@hanmail.net
인쇄 | (주)미래프린팅
출판등록 | 제406-2008-000009호

값 12,000원
ISBN 978-89-94372-64-8 74810
ISBN 978-89-94372-20-4 (세트)

「이 도서의 국립중앙도서관 출판시도서목록(CIP)은 서지정보유통지원시스템 홈페이지
(http://seoji.nl.go.kr)와 국가자료공동목록시스템(http://www.nl.go.kr/kolisnet)에서 이용
하실 수 있습니다. (CIP제어번호: CIP2014011819)」

울어라
개구리야

이호철 지음 | 김시영 그림

고인돌

차례

모두가 행복한 세상

우리가 살아가는 세상은 한 발 뒤로 물러서 보면 모두가 평온하고 행복하게만 보입니다. 하지만 조금만 들어가 보면 누구나 크고 작은 생채기를 안고 있고, 지금도 어려움을 겪으며 살아가고 있는 사람이 많다는 것을 알 수 있습니다. 바로 우리 이웃이나 우리 집만 보더라도 그렇습니다. 가정 형편이 어려워 마음껏 못 먹고 못 입고 편하게 자지도 못하고 힘겹게 살아가기도 합니다. 사고를 당하거나 병에 걸려 자신은 말할 것 없고 주위 사람까지 그 아픔을 겪기도 하고, 이런저런 갈등으로 사랑하는 식구들이나 가까운 사람과 헤어져야 하는 슬픔을 겪기도 하지요. 그리고 사는 것 자체가 녹록하지 않은 게 세상살이기도 합니다. 그러고 보니 정말 슬프지 않고, 힘겹지 않고, 걱정 없고, 괴롭지 않으며 행복을 누리는 건 순간순간뿐인 것 같습니다.

그런데 요즘 여러분들 또래 어린이들이 못난 어른들 때문에 자꾸만 불행한 일을 당하는 일이 일어나 마음이 더욱 아픕니다. 어른들의 삶이 편하지 못하니까 자꾸만 그렇게 되는 가봅니다. 어른이 슬프거나 어려우면 어린이 여러분들도 슬프고 힘겹고 어렵게 됩니다. 거기다 여러분 자신의 걱정과 힘겨운 일이 더해지면 더욱 그러하겠지요.

이 책에 내보이는 이야기는 대체로 그런 어린이 여러분들의 이웃 이야기이고 여러분들 자신의 조그만 이야기입니다. 겉보기에는 이야기가 좀 시원찮아 보이긴 하지만 이 속에는 나의 진정한 마음을 정성스럽게 꼭꼭 담아 놓았다는 걸 알아주었으면 좋겠습니다. 이 이야기 몇 편이 힘겹거나 마음 아픈 어린이에게는 조그만 위로라도 되었으면 싶고, 즐겁고 행복하게 살아가는 어린이에게는 어려운 이웃을 이해하고 더불어 살아가려는 마음을 조금이나마 가지는 기회가 되었으면 좋겠습니다.

여러분, 어려움이 있어도 이겨내고 희망의 싹을 가꾸며 꿋꿋이 살다 보면 모르는 사이에 행복은 나와 함께 있을 것입니다. 모두가 행복한 세상은 그렇게 우리가 만들어 가야지요.

이호철

울어라 개구리야

　5학년인 동만이는 어제 집에서 못 한 숙제를 남아서 하느라 늦게 학교를 나섰습니다. 집 쪽으로 오는 큰길로 접어드니 갓 나온 아기 개구리들이 팔딱팔딱 뛰어다녔습니다. 위험한 찻길도 무서운 줄 모르는 모양입니다.

　"야 임마들아, 빨리 너거 집으로 들어가라. 큰길 쪽으로 나오면 안 돼. 너거 엄마한테 빨리 가."

　동만이는 아기 개구리들이 큰길로 못 나오도록 풀이 우거진 도랑 쪽으로 후려 넣었습니다. 큰길에는 지나가는 차바퀴에 깔려 죽은 개구리 흔적이 여기저기 흥하게 남아 있었습니다. 아기 개구리들은 메뚜기 떼처럼 우르르 풀숲으로 뛰어들었습니다. 거인이 저희들을 잡으러 온다고 생각

했을지도 모르지요.

　동만이는 좁은 들길로 들어섰습니다. 갑자기 꽃뱀 한 마리가 혀를 너불대며 스르르 지나갔습니다.

　"와이구 깜짝이야! 휴우우."

　가슴이 철렁했습니다.

　초록색 벼들이 바람에 나풀거립니다. 이따금 햇볕 따가운 들판 가운데로 후끈한 오후 바람이 지나가기도 합니다. 들길에 나와 있던 아기 개구리들은 동만이가 지나가자

　"사람 온다, 튀어!"

　이러며 봇도랑 풀숲으로 냅다 달아났습니다. 복숭아 서리하다 들킨 우리들처럼 말이지요.

　'아이고, 버드나무 숲 그늘까지 어떻게 가노.'

　　　　　　　　투덜거리던 동만이는 그때 눈이 번쩍
　　　　　　　　뜨였습니다. 큰 개구리 한 마리

를 발견했기 때문이지요. 개구리 등은 갈색 바탕에다 연두색 물감을 슬쩍 덧칠해 놓은 듯한 모습입니다. 온몸에는 거뭇거뭇한 둥근 점들이 찍혀 있고요. 두꺼비만 한 몸집에 툭 불거진 두 눈망울을 뒤룩뒤룩 굴리고 있으니까 마치 우리 소 늙다리만큼이나 순해 보입니다. 개구리가 한 번 펄쩍 뛰었습니다. 동만이는 손으로 재빠르게 덮쳤습니다. 하지만 개구리는 어느새 또 펄쩍 뛰어 달아났습니다.

"야 가만있어 봐라, 임마야. 어딜 자꾸 도망을 가. 내하고 좀 놀면 어떠냐."

동만이는 아예 가방을 내던지고 세 번이나 꼬꾸라지고서야 겨우 그 개구리를 잡았습니다. 개구리가 물컹 손에 쥐어지자 섬뜩 놀라 하마터면 놓칠 뻔했습니다. 개구리는 동만이의 손에서 벗어나기 위해 몸부림쳤습니다.

"야 임마, 가만 좀 있어 봐. 몸부림치면 다친단 말이야."

개구리는 몇 번이나 있는 힘을 다해 몸부림쳤습니다. 그러다 힘이 빠져 달아나는 것을 포기했는지 아니면 해치지 않는다는 것을 알고 있는지 가만히 있었습니다. 동만이는 무엇인가 찌릿한 좋은 느낌이 몸에 전해졌습니다.

'그것참 이상한 일이네?'

두 손을 살짝 풀어 보았습니다. 개구리는 또 한 번 몸부림쳤습니다.

"어허 임마야, 가만 좀 있어라. 내가 어디 못된 사람하고 같어? 걱정하질 마."

개구리가 가만히 있자 동만이는 다시 두 손을 살그머니 풀어 보았습니다. 개구리는 두 눈을 동글동글거리며 가만히 있었습니다. 동만이가 살짝 입맞춤하자

"아이 더러! 어디다 입 맞추니!"

냅다 소리를 질렀습니다.

"야 임마, 잘 나가다 왜 이래. 쬐끔만이라도 내하고 놀면 어디가 덧나나?"

'아무래도 친구는 될 수 없겠지.'

동만이는 그만 개구리를 놓아줘 버렸습니다. 손에서 빠져나온 개구리는 혼쭐이 났던지 펄쩍펄쩍 뛰어 봇도랑 풀숲으로 날 살려라 하고 도망쳤습니다.

"짜식, 똥겁은 많아가지고……. 그래놓으니까 망보느라 눈이 튀어나왔지, 임마야."

동만이는 다시 책가방을 들고 들길을 걸었습니다. 햇볕이 제법 따가웠습니다. 저쪽 논에서

"뜸 뜸 뜸북 뜸 뜸 뜸북······."

뜸부기 소리가 들렸습니다.

들길 끝에는 양쪽으로 버드나무가 우거진 시내가 들을 휘감고 돌아가고 있습니다. 건넛마을에 사는 아이들은 큰물이 흐르지 않으면 꼭 이 시내를 건너 지름길로 학교를 오갑니다. 어떤 때는 냇물이 허리 깊이로 흘러도 여러 명이 손잡고 건너기도 합니다. 그러다 시내 가운데서 넘어져 옷이랑 책을 흠씬 적시기도 하고, 물도 꽤 많이 먹지요. 또 건넛마을 아이들은 학교에서 돌아오면 시냇가 버드나무 그늘에서 꼭 쉬었다 가지요. 쉴 때는 모래밭에서 씨름도 하고 발가벗은 채 시냇물에 뛰어다니며 멱 감고 고기를 쫓아다니기도 합니다.

오늘도 6학년 다섯 명이 버드나무 그늘에서 놀고 있었습니다.

"야, 누가 저 개구리 잘 맞추나 내기할래?"

건넛마을에서도 섬뜸에 사는 진석이가 한 마디 꺼내자 영국이가 싱글싱글 웃으며 맞장구쳤습니다.

"그래, 고것 참 재밌겠는데? 내가 뭘 던져 맞추는 데는 끝내주지. 그전 때 내가 뱀 대가리 한 번에 맞추는 거 봤제?"

영국이의 말에 저마다 뽐내듯 한마디씩 했습니다.

"나로 말씀드리자면 사수 중에 명사수지. 전깃줄에 앉아 있는 참새를

돌팔매로 맞췄거든."

"그것쯤이야 식은 죽 먹기지. 나로 말씀드리자면 날아가는 참새도 떨어뜨린 솜씨지."

"에게게, 고작 고거야? 나는 50미터나 떨어져 날아가는 새도 맞혀 떨어뜨렸어. 그건 군에 간 우리 삼촌도 다 아는 사실이야."

"야, 야, 그것도 명사수 족보에 들어가냐? 이 몸은 말씀이야, 돌 한 개로 날아가는 새 세 마리를 한꺼번에 떨어뜨린 솜씨란 걸 몰라? 야아, 그때 그 기분 너희들이 어이 알겠냐."

개구리는 언제부턴지 뒷다리가 끈에 매여 어지간히 혼난 모양입니다. 달아나는 것을 이미 포기해버렸는지 죽은 듯이 가만히 있었습니다. 잡혀 있는 개구리는 보통 개구리보다 훨씬 커서 왕두꺼비만 한데, 이곳에서는 이 개구리를 '식용 개구리'라고 부릅니다. '식용 개구리'란 '먹는 개구리'란 뜻인데 아이들은 그것도 모르고 '시경 개구리' '수용 개구리'라고 부릅니다. 그런데 궁금한 점은 왜 그곳에만 그 개구리가 살고 있느냐 하는 겁니다. 맞는 말인지는 모르겠지만, 어른들 말로는 오래전에 어떤 사람이 다른 나라에서 들여온 식용 개구리를 길렀는데 큰물이 나는 바람에 모두 달아난 것이라고 합니다. 어른들은 이 개구리를 삶거나 구워 술안주로 먹기도 하고, 삶아 몸보신으로 먹기도 한답니다. 아이들은 잡아서 어른들에게 500원에서 1000원에 팔고요.

가장 먼저 깜둥이 진석이가 돌을 던졌지만, 다행히도 빗나가 버렸습니다. 개구리는 바로 옆에 떨어진 돌에 깜짝 놀라 풀쩍 뛰었습니다. 그러나 이내 나동그라지고 말았습니다. 뒷다리가 끈으로 묶여 나무에 매여져 있기 때문이지요.

"야, 고거도 못 맞추냐? 내 솜씨 함 봐라. 귀신도 놀라 달아날 거다."

영국이는 어깨를 한 번 으쓱했습니다. 그리고는 조그만 돌을 쥐더니 한쪽 눈을 질끈 감고 개구리를 겨누었습니다. 용케도 뒷다리를 맞추었습니다. 개구리는 오줌을 찔끔 싸며 펄쩍 뛰었습니다. 뒷다리 껍질이 벗겨져 피가 나오고 완전히 오므리지도 못한 채 발발 떨고 있었습니다.

"야, 맞췄다! 내가 맞췄다! 이히, 내 솜씨 어떠냐? 귀신이 놀랄 거라 그랬지. 우와 기분 좋다. 그다음 누가 던져 봐."

이번에는 땅딸보 남철이가 돌을 집어 들었습니다. 한쪽 눈을 질끈 감고 입술을 깨물더니 야구 투수가 공을 던지듯 힘껏 던졌습니다.

"야 맞았다! 정확하게 맞았다! 내 솜씨 어떠냐? 귀신 잡는 솜씨 아니냐, 야홋!"

좋아서 '야호, 야호' 소리를 여러 번이나 지르며 펄쩍펄쩍 뛰었습니다. 옆에 있던 아이들은 부러운 듯

"우와아!"

"오오오!"

감탄사를 막 쏟아내었습니다. 개구리는 피투성이가 된 채 한쪽 뒷다리를 쭉 뻗고 발발 떨기만 했습니다.

돌아오던 동만이가 그 모습을 보았습니다.

"혀엉, 지금 뭐 해?"

"야, 보면 모르냐? 아주 재밌는 놀이 하는 중이지."

"개구리 아니야? 근데 개구리를 왜 그래? 죽잖아!"

"얌마, 니가 무슨 상관이야!"

"불쌍하잖아!"

동만이는 형들의 말에 발끈해 대들듯이 버럭 소리를 질러버렸습니다.

"어쭈! 한번 해보겠다는 거야, 뭐야?"

"그러면 아무 죄 없는 불쌍한 개구리 때려죽이는 게 잘하는 일이야?"

"얌마, 죽이긴 누가 죽이냐? 그리고 불쌍하면 불쌍했지 왜 니가 야단이야? 니가 개구리 할애비라도 되냐?"

"형들은 순 악마야! 잡았으면 차라리 삶아 먹든지 구워 먹든지 하지 왜 그래?"

동만이는 개구리 앞을 가리고 섰습니다.

"야, 그러면 니가 개구리 대신 맞는 거다? 히히히 개구리 할애비가 대신 맞겠단다."

"순 악마, 악마들한테는 말도 안 통하겠지."

"그래. 흐흐, 우리는 악마다. 우리는 귀여운 악마."

그러더니 진짜 조그만 돌을 던지는 것이었습니다. 동만이는 맞아도 비키지 않았습니다.

"비켜, 이 짜샤!"

"못 비키겠다!"

"이 새끼 정말 맛 좀 볼래?"

진석이가 동만이의 멱살을 잡아당겼습니다.

"이거 놔! 형이 깡패야? 텔레비전에서 봤지. 소를 몽둥이로 두들겨 패고, 물 먹이고, 다리 부러뜨리고, 차에 달아 막 끌고 다녀서 잡는 악마, 살아 있는 곰 쓸개즙 빼 먹는 악마, 살아 있는 노루 피 빨아 먹는 악마 같은 사람, 그 사람들과 같애."

"이 새끼! 내가 어떻게 그 사람들하고 같애?"

"안 같으면 왜 개구리를 할 일 없이 돌로 때려죽일라 그래. 같으니까 그러지."

"야이 짜샤! 내가 언제 죽일라 그랬나? 니 터질래? 6학년 형한테 바락 바락 대드는 것 좀 봐."

"형 좋아하시네. 형이면 다야? 형 값을 해야 형이지. 할 말 없으니까 형 핑계나 대고 있네."

"야이 짜샤, 왜 할 말이 없어. 어차피 잡아먹을 거 좀 그러면 어떠냐?"

"아이구, 무식하니까 말이 안 통하네."

진석이는 약이 올라 동만이에게 발길질했습니다. 동만이는 울면서 진석이의 다리를 붙들고 매달렸습니다.

"이씨이, 나도 개구리맨치로 더 때려 봐라. 얼마든지 때려 봐라!"

진석이의 발길질과 주먹질에 동만이는 꽤 많이 맞았습니다. 그래도 진석이의 다리를 거머리처럼 붙들고 늘어졌습니다. 진석이와 주위에 있던 6학년 아이들은 슬그머니 두려워졌습니다. 그때 동만이가 피범벅이 된 얼굴을 한 채 다 죽어가는 개구리의 뒷다리를 쥐고 번쩍 들더니 둘러서 있는 형들의 코앞에 바짝 들이대었습니다.

"형! 이렇게 만든 게 누구야? 형들 아니가? 이건 흉측하게 소 잡아먹고, 살아 있는 곰 쓸개즙, 노루 피 막 빨아 먹는 악마 같은 그 아저씨들하고 같은 거 아니가?"

주위에 서 있던 6학년 아이들이 흠칫 놀라 뒤로 한 발 물러섰습니다. 그리고는

"한 번만 더 까불어 봐라, 새끼."

이러더니 가방을 챙겨 들고 슬금슬금 꽁무니를 빼며 가버렸습니다.

동만이는 코와 입가에 흘러나온 피를 손잔등으로 쓱 문질렀습니다. 그리고 개구리 뒷다리에 매인 끈을 풀어내었습니다. 아직 개구리는 살아 있었습니다. 그렇지만 놓아주어도 엉금엉금 몇 발짝 가더니 제자리에서 숨만 헐떡이고 있었습니다.

'저러다가 죽을지 모르겠네.'

그러다 조금 있더니 풀숲으로 폴짝 뛰어가 버렸습니다. 동만이는 걱정도 되었지만 잘 살기를 빌면서 냇물에 얼굴을 씻었습니다. 땀으로 젖은 옷에 피가 군데군데 얼룩져 있었습니다.

'정말이지 형들은 돌았는 것 같애. 이젠 우리도 못난 어른들처럼 돌고 있는 것 같애.'

하늘을 한번 쳐다보았습니다. 뜬금없이 어머니 생각은 왜 날까? 돈 벌러 가 돌아오지 않는 어머니 생각에 눈물이 왈칵 솟았습니다.

가방을 메었습니다. 지난겨울 집 앞 연못에서 물오리 사냥하러 온 부자 아저씨를 골려주다 따귀를 얻어맞았던 일이 생각나 피식 웃었습니다.

동만이는 냇물 건너 들판에 들어섰습니다. 벼논 여기저기에서 우는 개구리 소리가 귀에 새롭게 들려왔습니다.

"갸르르르 갸르르르르르……."

"고고고골 고고고고골……."

'그래, 울어라. 마음껏 울어라, 개구리야!'

처음 재미있는 숙제하는 날

"히히히, 우리 선생님 머리가 어떻게 된 거 아닌지 모르겠네."

"맞어. 이런 걸 숙제라고 내어주는 선생님은 아마 이 세상 어디에도 없을걸?"

"하이튼 이렇게 쉽고 하기 쉬운 숙제는 날마다 내어줘도 재밌겠다, 그치?"

"맞어."

4학년 꽃교실 반 영민이랑 대식이랑 재승이가 주고받는 말입니다. 이제 막 벼들이 노릇노릇 익기 시작하는 들판을 지나면서요. 집에서 학교, 학교에서 학원, 학원에서 집 이렇게 다람쥐 쳇바퀴 돌 듯하는 생활에서 잠시 벗어나는 것만 해도 숨통이 탁 트이는 것 같습니다. 가을 바람에 벼들이 일렁일렁하며 사르락사르락 소리를 냅니다. 마치 저희끼리 소곤소곤 이야기하는 것 같기도 합니다. 대식이가 두 팔을 벌리며 숨을 크게 들이켰다

"아아, 좋다아!"

하면서 후우우 내쉬었습니다. 그러자 영민이와 재승이도 두 팔을 벌리고 눈을 지그시 감고 시원한 바람을 맞았습니다. 그런데 이 세 아이는 지금 뭐 하러 가고 있을까요? 숙제하러 가는 중이랍니다.

숙제! 이 세상에 숙제만큼 하기 싫은 게 또 어디 있느냐고 하는 아이들이 참 많습니다. '숙제'의 'ㅅ' 자만 꺼내도 그만 까무러칠 것만 같다고 하는 아이들도 더러 있지요. 못해 갈 까닭이 또렷이 있는데도 거짓말한다고 선생님께 몹시 꾸중 듣고 나머지까지 하고 나면 숙제가 원수같이 느껴지기도 할 테지요. 학원 갔다 늦게 집에 오면 피곤해 꾸벅꾸벅 졸면서 밤늦게까지 숙제하는 날도 많습니다. 학원 숙제는 좀 많습니까. 학교 숙제보다 더 많을 때도 잦다니까요.

아무리 그래도 꽃교실 반엔 빈둥빈둥 놀면서도 숙제를 아예 안 해오는 아이도 몇 명 있지요. 그 가운데 가장 배짱 좋은 아이가 '쨈병'입니다. '쨈병'은 '전점병'을 줄인 말로 선생님이 붙여준 별명이랍니다. 어떨 때는 더 줄여서 그냥 '쨈'이라고도 하지요. 반 동무들 가운데는 '전점병'

의 '점' 자를 '염' 자로 바꾸어 '전염병' 하고 놀리기도 합니다. 그런데 선생님이 그런 안 좋은 별명은 부르지 말라고 해 요즘은 잘 부르지 않고 있답니다. 쨈병은 선생님이 벌을 주면 주는 대로 태연하게 잘 받는 게 특기이기도 합니다. 남겨서 숙제를 시키면 글자 한 자 쓰고는 멍하니 앉았거나 손톱을 물어뜯거나 코를 후비고 있습니다. 배짱도 그런 배짱은 잘 없을 것입니다. 집에 오면 그냥 빈둥빈둥 놀면서도 숙제는 뒷전입니다. 저녁때가 훨씬 지나서야 회사에서 돌아오는 어머니가 집에 오자마자 하는 소리가 "숙제했니?" 이 소립니다. "보나 마나 놀았지? 빨리 숙제 안 할 거니!" 이렇게 소리를 질러도 하는 척하다가는 종이에 낙서나 하거나 콧구멍을 후비거나 손전화를 들여다보고 있다 끝내 숙제는 물 건너보내지요. 아침에 다른 아이들은 벌써 학교에 와 한창 조용히 아침 자습을 하고 있는데 늦게야 문을 드르륵 열고는 어슬렁어슬렁 교실에 들어섭니다. 선생님은 너무나 어처구니가 없어

"아이고, 쨈아. 내가 네놈한테는 정말 못 이기겠다."

이렇게 말하고는 한숨만 푹 쉰답니다. 꽃교실 반엔 이 정도까지는 아니더라도 숙제를 거의 안 해오는 아이들도 여러 명 있고, 숙제를 하더라도 건성건성 해서 하나마나 하는 아이들도 여러 명 있답니다. 그러니까 착실하게 숙제를 해오는 아이들은 서른 명 가운데 대여섯 명 정

도밖에 안 된다고 보면 되겠습니다.

숙제 때문에 선생님이 화를 몹시 낸 며칠 뒤입니다. 학교 공부가 다 끝난 뒤 꽃교실 아이들이 가방을 메고 제자리에 섰습니다. 그때 선생님이 이렇게 불쑥 말하는 게 아닙니까!

"이제부턴 숙제 절대로 안 낼 테닷!"

선생님의 난데없는 말 폭탄에 아이들은 눈이 휘둥그레졌습니다. 숙제를 안 해오면 남겨서라도 꼭 하도록 했던 선생님이라서 더욱 그렇습니다. 꽃교실 반 아이들은 '드디어 선생님 화가 머리끝까지 차올라 터져버리고 말았구나!' 생각했지요. 그런데 뜻밖에도 선생님은 빙긋이 웃으며 이렇게 말하는 것입니다.

"내가 지금까지 숙제로 너희를 많이 괴롭힌 것 같구나. 그래서 이제부터는 숙제 같은 건 안 내기로 했다."

선생님은 또 숙제를 꼭 많이 내어주어야 공부를 열심히 할 것으로 생각해오던 잘못된 생각을 버리겠다고 했습니다. 아이들은 "야호!" 소리쳤습니다. 그렇지만 숙제를 꼬박꼬박 잘 해오던 착실 파 아이들 몇 명은 불안해하는 표정입니다. 그것도 그럴 것이 늘 해오던 숙제를 안 하면 어떡하나 하는 생각도 들 테고, 선생님 속을 너무 썩여드려 화가 나 괜히 저러시는 건 아닐까, 그 불똥이 다른 데로 튀어 더욱 혼나는 건

아닐까 하는 불안하고 두려운 생각 때문일 것입니다.

꽤 여러 날이 지났는데도 선생님은 숙제에 대해서는 아무 말이 없었습니다. 숙제가 없는 걸 깜박 잊은 아이들은 가끔 "선생님, 숙제는요?" 불쑥 말하다 제 손으로 입을 막곤 하지만 말입니다.

다시 여러 날이 지났습니다. 그러던 언제부턴가

"숙제 조금만 내주세요."

이렇게 선생님을 조르는 아이들이 생겨나기 시작했습니다. 그래도 선생님은 꿈쩍 않았습니다. 그런데 이상하게도 선생님이 숙제를 안 내어주겠다고 하면 할수록 아이들은 자꾸 내어달라고 조르는 겁니다.

"애들이, 애들이. 숙제 안 내어주려고 그래도 자꾸 내어달라고 그러네?"

"숙제가 없으니까 좀 이상해요!"

"허허, 참! 너희도 숙제 병이 단단히 든 것 같다."

"그런가 봐요."

"허허 그것참. 부담 안 되는 숙제는 뭐가 있을까? 아! 그러면 들판에 가 소리 세 번만 지르고 와."

"에이, 선생님. 그게 어떻게 숙제가 됩니까?"

"나는 숙제를 안 내어주려는데 너희가 자꾸 내어달라니까 그러는 거지. 어쨌든 소리 마음껏 세 번만 지르고 와. 하기 싫으면 안 해도 되고."

"선생님, 그러면 어떻게 소리 질러요?"

"그냥 '아아!' 하고 소리 지르든 '어어!' 하든 '으아악!' 하든 너희 맘대로 해라."

"선생님, 그러면 이상하잖아요? 다른 사람이 그 소리를 들으면 우리보고 미쳤다고 할지도 몰라요."

"그러니까 아무도 없는 데 가서 소리 지르라고 하잖아. 아, 참! 그러면 자기가 가장 하고 싶은 말 세 번 큰소리로 질러라."

"히히히, 그거야 누워서 떡 먹기 아닙니까."

"선생님, 그런 숙제는 얼마든지 내주세요, 헤헤헤……."

이렇게 해서 세 아이는 지금 들판을 지나 재미있는 숙제를 하러 가는 길입니다. 들판을 지난 셋은 작은 언덕 위로 올랐습니다. 아름드리

큰 소나무 다섯 그루가 하늘로 우뚝 솟아 있는 작은 언덕배기입니다. 끝없이 높고 파란 하늘엔 흰 구름 몇 덩이가 둥실 떠 있습니다. 언덕에 올라서니 더욱 가슴이 탁 트입니다. 들판 저쪽에 촘촘히 늘어선 집들이 낯설어 보입니다.

"야, 우리 같이 소리 지를래?"

"아니. 선생님이 혼자 소리 지르라고 했잖아."

"얌마, 우리가 어떻게 소리 질렀는지 선생님이 알겠냐? 그냥 같이 소리 지르고 말자."

"나는 내 혼자 소리 지르고 싶다."

영민이가 혼자 소리 지르고 싶다고 했습니다.

"왜?"

"너 무슨 비밀 있냐?"

"비밀은 무슨……."

"그래? 그렇다면 혼자 소리 지르기로 하자."

먼저 영민이가 소리를 지르기로 했습니다.

"야, 너희들 귀 막고 있어야 돼."

영민이는 다시 조금 떨어진 언덕으로 걸어갔습니다. 언덕에 다 올라서서는 다시 한 번 더 대식이와 재승이보고 귀 막으라는 시늉을 했습니다. 비밀이라고 할 수는 없지만, 동무들 앞에 자신의 속마음을 겉으로 드러낸다는 건 어쩐지 내키지가 않습니다. 자존심도 상할 것 같고요. 하지만 대식이와 재승이는 귀를 막는 시늉만 할 뿐입니다. 영민이가 무슨 소리 할 건지 궁금하거든요.

영민이는 숨을 크게 들이쉬고 아이들이 있는 쪽과 반대 방향으로 돌아서 손나발을 만들고는 있는 힘껏 소리를 질렀습니다.

"내 키를 크게 해 주세요오오!"

소리는 들판 멀리까지 쩌렁쩌렁 울려 퍼졌습니다. 그렇지만 멀찌감치 떨어져 있는 대식이와 재승이는 그게 무슨 말인지 또렷이 알아들을 수 없습니다.

한 번 소리 지른 영민이의 머리에는 어제 그네 탈 때의 일이 떠올랐습니다.

"야, 비켜! 내가 맡아놓은 거야!"

그네를 타려고 앉아 있는데 영민이보다 키가 훨씬 큰 아이가 자기가 맡아놓은 그네라면서 무조건 비키라는 것이었습니다.

"그런 게 어딨어? 먼저 타는 사람이 임자지."

"비키라면 비켜!"

"야, 그런데 너 몇 학년이야?"

"3학년이다! 왜? 그러는 너는 몇 학년이야? 쪼끄만한 게!"

"난 4학년이거든!"

"에게게! 4학년은 무슨 4학년이야? 2학년 키만큼도 안 되겠는데."

"이 시키!"

화가 확 치솟은 영민이는 3학년 아이를 밀어버렸습니다. 3학년 아이는 잠시 비실비실하더니 반대로 영민이를 활딱 밀어버렸습니다. 영민이는 저만치 뒤로 벌렁 나자빠졌습니다. 그때 마침 공부 시작종이 울려 싸움이 더 크게 벌어지지는 않았지만 3학년 아이가 주먹을 흔들어 보이며 교실로 가버리는 게 아닙니까! 영민이는 분한 마음을 삭일 수가 없어 울어버렸습니다. "에게게! 4학년은 무슨 4학년이야? 2학년 키만큼도 안 되겠는데." 하는 이 말만 해도 그런데 주먹을 흔들어 보이며 가는 그 행동에는 피가 거꾸로 흐르는 것 같았습니다.

영민이는 지금도 얼굴이 확 달아올랐습니다. 이를 깨물었습니다. 다시 숨을 크게 들이쉬고는 목이 찢어져라 소리 질렀습니다.

"하느님, 내 키 좀 크게 해 주세요오!"

꽃교실 반 아이들도 영민이란 이름 대신 "어이, 꼬맹이." 하고 부르는 아이들이 많습니다. 영민이는 그냥 웃어넘기고 말지만 속은 부글부글 끓지요. 가끔 키 큰 은호와 장난을 치기도 합니다. 한 번은 신소리

잘하는 찬식이가

"영민아, 너는 은호한테 형님이라고 해라. 동무라고 하기에는 영 안 어울린다."

이러는 겁니다. 발끈 화가 난 영민이는 발로 찬식이 엉덩이를 냅다 차버렸습니다. 그러니까 찬식이가 또 이러는 겁니다.

"어쭈! 꼬맹이가 제법이네?"

영민이 딴엔 엄청 세게 찼는데도 별로 아파하지 않고 귀엽게 구는 동생쯤으로 생각하는 찬식이의 모습에 더 신경질이 났습니다. 그래서 영민이는 더욱 악착같이 달려들었지만 찬식은 오히려 재미있어 죽겠다는 듯이 '히히히' 웃으면서 저만치 달아나버리는 겁니다.

얼마 전에 어머니와 병원에 갔었는데 의사 선생님이 영민이의 키는 '성장 호르몬 결핍' 때문이라고 했습니다. 몸이 자라는 호르몬이 적게 나와 제 할 일을 못 해서 키가 안 큰다는 것이지요.

"그럼, 성장호르몬은 왜 결핍이 돼요?"

영민이 어머니의 물음에 의사 선생님은 이렇게 말했습니다.

"영민이 소화기관은 다른 사람보다 약해요. 약하니까 음식을 많이 먹어도 영양분 흡수를 잘 못해서 쉽게 배탈이 나는 겁니다. 그래서 성장호르몬 만드는 영양분이 모자라게 되는 것이고요."

'아, 나는 키 클 희망이 없는 건가!'

영민이는 다시 마지막으로 소리를 질렀습니다.

"하느님, 부처님, 제에발 내 키 좀 크게 해 주세요오오오!"

소리를 지르고 나니 자신도 알 수 없는 눈물이 솟구쳤습니다. 눈물을 닦았지만 눈 밑엔 눈물 얼룩이 남아 있었습니다. 아이들 있는 곳에 돌아온 영민이는

"야, 소리 지르고 나니까 속이 시원해. 다음엔 누가 소리 지를래?"

이러며 눈물 흘린 표를 내지 않으려고 애썼습니다.

다음에는 재승이가 히죽히죽 웃으며 영민이가 소리 지른 언덕으로 갔습니다.

"야, 너희들도 귀 막어. 알았지?"

"알았으니까 빨리 가서 하기나 해라."

재승이도 손나발을 해서 소리를 질렀습니다.

"엄마 아빠 돈 많이 벌게 해 주세요오오!"

그때 삽을 어깨에 메고 지나가던 한 어른이 별 이상한 놈 다 보겠다는 듯이 이상한 눈으로 힐끔힐끔 보았습니다. 재승이는 그 어른이 지나가기를 기다렸습니다. 어른이 멀리 가자 다시 소리를 질렀습니다.

"우리 엄마 아빠 돈 많이 벌게 해 주세요오오!"

길거리 포장마차에서 장사하는 어머니 아버지 모습이 재승이 눈앞에 아른거렸습니다.

재승이 어머니 아버지는 길거리에서 포장마차로 어묵을 팔기도 하고 풀빵을 구워 팔기도 합니다. 아버지는 교통사고로 다른 일을 할 수 없어 어머니가 포장마차 장사 하는 것을 조금씩 도와드리고 있습니다. 두 칸짜리 허름한 셋방에서 어렵게 살아가고 있지요. 밤늦게까지 장사하고 들어오면 어머니는 다리가 퉁퉁 붓습니다. 아버지는 다쳤던 몸이 다 나았다고는 하지만 아직 허리는 제대로 낫지 않은 모양입니다. 그래도 아버지는 늘 어머니의 다리를 주물러 드립니다.

"당신 허리도 안 좋은데 그만두고 씻고 누워요."

"나 때문에 당신 고생만 시켜 미안해. 아이들한테도 제대로 잘 해주지도 못하고……."

재승이는 눈물 글썽거리는 그때 아버지의 모습이 떠올라 목이 메었습니다.

마지막 소리를 질렀습니다.

"우리 집 부자 되게 해 주세요오옥!"

"해 주세요오오!" 이렇게 길게 소리를 내지 못하고 "해 주세요오옥!" 하고 말았습니다. 목이 메어서지요. 재승이 눈에서도 눈물이 주르르 흘러내렸습니다. 그래도 그런 약한 모습을 동무들한테 보이기는 싫었습니다. 소맷자락으로 눈물을 슥 닦고 코도 팽 풀었습니다.

마지막으로 대식이 차례입니다. 대식이는 아무 표정이 없었습니다. 소리 지르기 전부터 목이 메어왔지만, 겉으로 그 감정이 드러나지 않게 하려고 일부러 그런 표정을 짓는 것이지요. 목소리가 제대로 나올 것 같지 않았습니다. 큰 숨을 몇 번 쉬면서 마음을 가라앉혔습니다. 그리곤 가슴이 위로 올라오도록 숨을 듬뿍 들이쉬었다가 냅다 소리를 내질렀습니다.

"아빠아아! 보고 싶어요오오!"

그렇게 소리 질러놓고는 엉엉 울며 퍽 주저앉았습니다. 동무들한테는 아버지가 멀리 돈 벌러 갔다고 했지만, 사실은 어머니와 아버지가 헤어진 것입니다. 어머니와 살면서 가끔 한 번씩 아버지를 만나고 있지만, 그 시간은 잠깐뿐입니다. 그래서 늘 가슴 한쪽엔 응어리가 맺혀 있습니다. 아버지를 원망하는 마음과 그리워하는 마음이 함께 뭉쳐 있는 것이지요. 목욕탕에서 아버지가 자기 아이의 몸을 정성껏 씻겨 주는 모습을 볼 때마다 아버지가 더욱 그리워지곤 했습니다.

며칠 전 글쓰기 시간에 아버지에 대해 쓴 대식이의 시가 있습니다.

아빠

오늘 아빠랑 만났다.

오랜만에 만나는 거여서

기분이 날아갈 것 같았다.

나는 아빠랑 계속 같이 있으려고 했다.

그런데 만난 지 얼마 되지도 않았는데

아빠에게 무슨 전화가 왔다.

아빠는 그 전화를 받고

"아들, 아빠 가봐야 할 것 같은데?"

나에게 1000원짜리 종이돈 몇 장 쥐어 주고는

가버렸다.

나는 속상해 지금도 울고 싶다.

나는 돈도 필요 없다

나는 아빠가 필요하다.

아빠하고 축구도 하고 싶고

놀러도 가고 싶다.

아빠가 이젠 나를 좋아하지 않나?

아빠는 언제 올지도 모르는데

그냥 아무 말 없이 가버렸다.

마른하늘에 날벼락 친 것 같다.

바람도 불고 춥다.

나는 슬프다.

너무나 슬프다.

이 시를 읽은 선생님도 무척이나 마음 아파했습니다.

대식이는 겨우 마음을 가라앉히고 일어섰습니다. 그리고는 다시 소리를 질렀습니다.

"아빠아아! 많이 많이 보고 싶어요오오! 돌아와요오오!"

대식이는 처음부터 실컷 울고 나서 그런지 오히려 마음이 가라앉는 듯했습니다. 그래서 더욱 마음껏 소리를 지른 것이지요. 그러고 나니 속이 더 시원해졌습니다.

이젠 맨 마지막으로 소리를 질렀습니다.

"아빠아아! 보고 싶어요오오! 아빠아, 건강하세요오오오!"

소리를 질러놓고는 다시 제자리에 앉아 울음을 삼켰습니다. 동무들 곁에 온 대식이의 눈은 빨갛게 되어 있었습니다.

드디어 오늘 재미있는 숙제는 끝이 났습니다. 모두 서로 눈물 흘렸다는 걸 잘 알면서도 아무도

"너 울었니?"

이렇게 묻지 않았습니다. 그냥 히죽히죽 웃기만 할 뿐이었습니다.

"야, 가자."

"그래. 소리 지르고 나니까 속이 후련하지?"

"선생님은 장난처럼 재미있는 숙제를 내주셨는데 해보니까 장난이 아닌 것 같아."

"맞아."

바람이 벼 들판을 사르르 쓸어갑니다. 노랗게 물든 시냇가 미루나무가 건들건들합니다. 언덕을 내려오는 세 아이의 발걸음은 더욱 가볍습니다.

엄마소와 아기소

한여름 한낮의 해가 불덩이처럼 이글이글 타면 땅에서는 숨통을 막는 뜨거운 열기가 확확 올라옵니다. 그러면 아침나절까지 팔팔하던 나뭇잎들도 풀이 죽지요.

소들도 이런 때는 아침나절까지 밭이라도 갈면 더위 먹을까 봐 시원한 나무 그늘에 매어 둡니다.

식이네 동네 한가운데로 구불덩 지나가는 도랑 양쪽에는 온 동네 소들이 시원한 나무 그늘에서 더위를 식히고 있습니다. 도랑가에는 굵기가 두서너 뼘 될 만한 아카시아나무가 서로 맞닿도록 우거져 있어 여름에도 그곳에 가면 더위를 잊을 정도로 시원한 그늘을 만들어 줍니다. 아카시아 꽃이 한창 피는 5월 초·중순쯤이면 동네 어귀에 접어들

자마자 먼저 아카시아꽃 향기가 코를 찌릅니다.

소들은 한가하게 눕거나 서서 눈을 지그시 감고 되새김질이나 하고 있습니다. 어디쯤인가 두고 온 고향 생각하는 것 같기도 하고, 지나온 날들을 더듬어보는 것도 같기도 합니다. 또 떠나보낸 자식들을 생각하는 것 같기도 합니다.

그중에는 더위를 못 이겨 유난히도 헐떡거리는 소도 있습니다.

달라붙는 쇠파리들을 쫓느라 꼬리도 이따금 휘젓고 네 다리를 번갈아 들었다 놓았다 하기도 합니다. 고개를 휘둘러 등에 붙은 쇠파리도 쫓습니다. 넓적한 귀로 부채질도 합니다.

한 번씩 몸짓할 때마다 쇠파리들은 우르르 몰려나갔다가 다시 다섯 여섯 마리씩 띄엄띄엄 달라붙기 시작합니다. 꺼죽꺼죽 마른 쇠똥 위에는 쇠파리들이 와글와글 붙어 있습니다.

복이네 황소는 건너편 수봉이네 암소 곁에 가려고 '엄무우 엄무우' 소리지르며 고삐 묶인 아카시아 나무를 벌써 수십 바퀴나 돌았습니다.

식이네 암소도 제법 엄마답게 가만히 서서 눈을 지그시 감고 되새김질을 하고 있습니다. 그의 아기인, 황송아지 깜돌이가 어디서 놀다 왔는지 엄마에게 오자마자 젖꼭지를 물고 훔쳐대듯 빨아 젖혔습니다. 아기의 입가에 하얀 젖이 새어 나왔습니다. 젖통을 쿡쿡 치받을 때마

다 엄마소는 흠칫 놀라기도 하지만 또다시 잠잠히 더없는 행복에 잠겨 있습니다.

엄마소는 고개를 돌려 젖을 빨고 있는 아기의 엉덩짝을 어루만지듯 핥아 주었습니다.

"아이구 이 녀석아, 어디 가서 이렇게 배가 고프도록 놀다 와? 아이구 이 땀 좀 봐. 깨끗이 놀잖고……."

그러면서 엄마는 아직도 엉덩이에 똥딱지가 다닥다닥 귀엽게 붙어 있는 아기를 사랑 어린 눈으로 바라보다 또 몇 번 핥아 주었습니다.

아기소 깜돌이는 한참이나 엄마 젖을 빨고 나서야 엄마와 입맞춤을 했습니다.

"엄마 엄마, 나 옆집 순돌이와 뒷밭에서 뛰어다니다 왔다."

"그랬니? 그렇게 남의 콩밭에 쏘다니다 호랑이 영감한테 혼날라구. 전번에 호랑이 영감네 텃밭에 들어갔다가 혼났지?"

"호랑이 영감 오면 냅다 뛰어 달아나지 뭐."

"그럼 못써. 곱게 놀아야지. 우리 깜돌이 착하지."

그러면서 또 살짝 입맞춤해 주었습니다.

"응, 엄마. 이제 엄마 말 잘 들을게."

엄마소가 덜렁 누웠습니다. 아기소도 엄마 옆에 달랑 누웠습니다.

아기는 뻗은 앞다리에 턱을 넙죽이 붙이고 살포시 잠이 들었습니다.

엄마소는 잠자는 아기의 모습이 너무나 사랑스러웠습니다.

'어쩌면 내 속에서 요렇게 예쁜 아기가 나왔을까?

믿어지지가 않았습니다. 엄마소는 아기가 튼튼하고 착하게 자라주기를 빌었습니다.

엄마소는 다시 눈을 감았습니다.

엄마소 어렸을 때 불렸던 이름은 복순이었습니다. 통통하게 살이 쪄 복스럽게 생겼기 때문에 붙여진 이름이지요. 엄마가 된 복순이는 첫 아기 깜돌이를 낳고 지금 기르면서 가슴 덜컹 내려앉는 일들을 저지르기라도 하면 어릴 때 엄마에게 걱정 끼쳐 드린 일들이 문득 떠오르곤 합니다.

자식을 키워 봐야 부모 마음을 안다더니 그 말이 맞는가 봅니다.

오늘처럼 할 일이 없는 날은,

'지금 엄마는 어디에 계실지? 어느 못된 주인에게 괴로움이나 당하지는 않을는지? 지금 이 세상에나 계실는지?'

이런저런 생각을 하면 울컥한 마음이 치솟곤 합니다.

조금 전 아기 깜돌이처럼 남의 콩밭에 뛰어다니다 대밭들 영감이 던진 뿔난 돌에 맞아 등이 찍힐 때도 있었습니다. 화가 조금이라도 났다

하면 둥글둥글 굴리며 노려보던 영감의 왕방울 눈을 떠올리면 지금도 오금이 저려 옵니다.

한 번은 그런 일이 있은 후 대밭들 영감이 화가 잔뜩 나 바르르 떨며 복순이네 주인아저씨를 찾아왔습니다.

"영국이! 영국이 있는가? 영국이 보게!"

낮잠을 즐기던 주인아저씨가 눈을 둥그렇게 뜨고 댓돌 위에까지 나서자 대밭들 영감은 더욱 소리를 질렀습니다.

"영국이, 자네 송아지가 우리 콩밭 다 망쳐 났네. 다 된 콩 어쩔려는가! 그것뿐인가. 이제 곧 알 밸 나락 포기 질금질금 다 잘라 먹어 버렸네. 논자리에 한 번 가볼랑가? 어쩔려고 송아지를 안 가둬 났는고!"

대밭들 영감은 벌게진 눈을 복순이 쪽으로 돌려 구리구리 굴렸습니다.

"저놈의 송아지 마! 죽일 놈의 송아지 마!"

곧장 와락 달려들어 두들겨 패 줄 것 같은 기세였습니다.

주인아저씨는 그저 잘못했다고 빌기만 했습니다. 복순이는 꼼짝 못하게 가두어 두겠다고 했고요.

그래도 영감은 막무가내로 곡식을 물어내라고 했습니다.

손이야 발이야 빌기만 하던 주인아저씨도 화가 났습니다.

"그러면 우리 송아지만 그랬습니까. 다른 송아지도 있었을 것 아닙니까! 그런데 왜 우리보고만 그러십니까?"

"아니, 그러면 자네가 지금 잘했단 말인가? 어쨌든 물어내게! 안 물어내면 자네 곡식도 그만큼 축내겠네. 그리 알게!"

대밭들 영감은 코를 팽 풀고는 휙 돌아섰습니다.

이날 복순이는 주인아저씨에게 몽둥이로 흠씬 얻어맞았습니다. 그때 복순이는 너무나 두려운 나머지 엄마 곁으로 피했습니다. 그 바람에 홧불이 더 난 주인아저씨는

"이눔 소 안 비키나!"

이렇게 소리를 꽥 지르며 엄마까지 때렸습니다. 자기 때문에 엄마까지 얻어맞은 것입니다.

그래도 엄마는 차라리 그게 더 낫다고 생각했겠지요. 어린 자식이 몰매 맞는 꼴을 바로 앞에서 보는 어미의 마음은 어떻겠습니까.

콩과 벼를 몇 됫박 물어준 아저씨와 대밭들 영감은 동네에서 서로 지

나쳐도 인사조차 하지 않았습니다. 그리고 주인아저씨는 논 갈러 갈 때도 들길에서 마주친 대밭들 영감 앞에서는 어서 지나치려고 고삐로 복순이 엄마의 엉덩짝을 철썩 내려쳤습니다. 그때마다 복순이 엄마의 마음은 더욱 무거웠습니다. 한 식구처럼 친하게 지내던 사람들이 별일 아닌 것 가지고도 쉽게 등 돌리는 사람들이 참 못나 보였습니다.

잠자던 깜돌이가 고개를 한 번 휙 돌려 쇠파리를 쫓았습니다.

깜돌이 엄마, 복순이는 깜빡 생각을 멈추고 눈을 떠 깜돌이의 콧잔등을 입맞춤하듯 핥아 주었습니다.

깜돌이는 다시 앞다리에 턱을 붙이더니 이내 잠이 들었습니다.

엄마소, 복순이는 다시 눈을 지그시 감았습니다. 등에 풀을 산처럼 싣고 가던 엄마 모습이 눈앞에 아른거렸습니다. 복순이 엄마는 주인 아저씨가 벤 풀을 등에 잔뜩 싣고 비탈진 산길을 조심조심 내려왔습니다. 아카시아나무, 뽈나무, 오리목, 잡목이 우거져 있는 낭떠러지 옆 좁은 길을 지나게 되었습니다. 그때 복순이는 주인아저씨의 뒤를 졸졸 따라왔습니다.

"이러, 끌끌끌……. 위험타, 조심해서 가자."

주인아저씨는 복순이 엄마 바로 뒤에서 풀짐을 부축하듯이 잡고 조심스럽게 따라왔습니다.

그런데 뒤에 따라오던 아기 복순이는 엄마 곁으로 가고 싶어졌습니다. 복순이는 주인아저씨 앞으로 와 엄마 곁에 바싹 붙어 갔습니다. 아! 그 순간이 었습니다. 엄마의 뒷발 이 슬쩍 엉키고 기우뚱 하더니 그만 낭떠러지에 굴러떨어지고 만 것입 니다!

복순이 엄마는 풀짐 과 함께 두세 바퀴 굴러 개울 바닥에 내동댕이쳐졌 습니다. 떨어질 때 신음 소리 한 번 내더니 아무 소리가 없었습니다.

주인아저씨는 너무도 뜻밖의 일이라 입만 벌리고 멈칫 섰다가 길 아래쪽으로 허겁지겁 달려갔습니다.

어린 복순이는 그게 얼마나 위험한 건지, 목숨이 어떤 건지도 잘 모릅니다. 다만 엄마가 몹시 아프리라는 것만은 또렷이 알 수 있었습니다. 그 생각을 하니 복순이는 더럭 겁이 났습니다. 그때서야 복순이도 엄마 곁으로 달려갔습니다.

주인아저씨가 등 위의 풀을 모두 끄집어내려도 복순이 엄마는 일어날 생각을 않고 눈을 희멀거니 뜨고 끙끙 앓기만 했습니다. 그러니 더럭 겁이 났습니다. 복순이도 엄마 곁으로 달려갔습니다.

주인아저씨는 더욱 불안해졌습니다.

"이랴! 이랴! 일어서라, 이눔 소야! 이랴!"

그래도 복순이 엄마는 일어서지를 않았습니다.

주인아저씨는 마음이 다급해졌습니다. 고삐를 움켜잡고 엉덩짝을 두어 번 후려쳤습니다.

그때서야 정신이 번쩍 든 복순이 엄마는 크게 '끙!' 한 번 앓고는 벌떡 일어났습니다.

주인아저씨는 먼저 복순이 엄마를 걸려 보았습니다. 다행히 크게 다친 곳은 없고 다리 몇 군데와 콧잔등이 긁히고 찢겨 피가 나 있었습니다.

주인아저씨는 담배 개비에 불을 붙여 쭈욱 빨더니 연기를 길게 내뿜었습니다.

주인아저씨 때문에 멀찍이 섰던 복순이는 그때서야 엄마 곁에 다가

갔습니다.

"엄마, 엄마, 괜찮아? 많이 아파? 엄마 피났잖아. 엄마 많이 아프지?"

"그래그래, 엄마 괜찮다."

"엄마, 나 때문에 그렇지? 엄마 많이 아픈가 봐. 그치? 엄마가 많이 아파 어떡하지?

그러면서 복순이는 엄마 품속으로 파고들었습니다.

"아니다. 엄마 괜찮대두."

그러는 복순이 엄마의 온몸은 땀으로 흥건히 젖어 있었습니다. 눈가에도 촉촉이 젖고 있었습니다. 자신의 아픔보다는 어린 복순이를 두고 세상을 뜬다는 것은 정말 끔찍한 일이라 여겼습니다.

거기까지 생각을 떠올렸던 엄마 복순이는 쌔근쌔근 잠든 깜돌이의 목덜미를 다시 몇 번 핥았습니다. 그리고 머리를 휘둘러 쇠파리도 쫓아 주었습니다. 아무것도 모르고 자던 깜돌이는 눈을 가늘게 떴다 다시 감고 잠이 들었습니다.

엄마 복순이는 고개를 들어 눈앞에 드러누워 있는 산들을 바라보았습니다. 가장 오른쪽 골짜기가 딱박골, 그 옆이 말바우, 그 옆이 안골 이렇게 무심코 헤아려 가다 넉박골에서 눈이 멈췄습니다.

그곳에는 깊은 산골을 가로막아 만든 넓고 깊은 저수지가 있습니다. 왼쪽에는 깎아내린 듯한 낭떠러지가 있는데 붉은 흙이 무너져 내린 곳도 있고 바윗돌이 상어 이빨처럼 불거진 곳도 있습니다. 거기에는 또 칡덩굴이 어우러져 있는 곳도 있어 잘못 가다가 헛디디기라도 하는 날에는 낭떠러지 밑 저수지에 첨벙 빠질지도 모릅니다. 그래서 사람들도 그 가까이에는 잘 가지 않습니다. 낭떠러지 끝에 우뚝 서 있는 오리목 사이에는 부드러운 풀이랑 맛나고 싱싱한 칡잎이 무성하게 늘어져 있습니다. 복순이 엄마와 복순이는 다른 소 떼들에서 떨어져 나와 맛난 풀을 부지런히 뜯다 보니 그곳까지 가게 되었습니다. 복순이는 엄마 옆에서 곤두박질치기도 하고 부드러운 칡잎을 몇 잎 따 먹어 보기도 하며 재롱을 부렸습니다.

그럴 때마다 복순이 엄마는

"애야 조심해라, 큰일 날라. 저 밑에 시퍼런 물이 안 보이니?"

이렇게 주의를 시켰습니다.

그런데 잠시 후 복순이가 칡덩굴이 우거진 곳에서 갑자기 코를 씩씩거리고 벌름벌름하더니 두 발을 위로 치켜들었다 놓았다, 이리 뛰고 저리 뛰며 날뛰었습니다. 땅벌이 복순이의 코를 쏜 것입니다. 그 순간 낭떠러지 가장자리에서 쭈르르 미끄러지다 그만 떨어지고 만 것입니다.

"엄마아!"

그리고 이내 '첨벙' 물소리가 들려왔습니다.

풀을 뜯던 복순이 엄마도 눈 깜짝할 사이에 일어난 일에 그저 눈이 휘둥그레졌습니다.

"음무어어, 복순아아!"

소리치며 저수지 둑 쪽으로 뛰었습니다. 목에 감겨 있던 고삐가 풀려 당겨서 코가 몹시 아파도 아픈 줄 몰랐습니다.

저수지 물에 빠진 아기 복순이는 한참이나 죽을 힘을 다해 네 다리를 휘젓고 허우적댄 끝에 겨우 아래쪽 둑으로 나올 수 있었습니다. 그새 물도 많이 먹었지요.

복순이 엄마가 둑에 닿자 복순이도 물에 빠진 생쥐 꼴로 둑에 올라섰습니다.

"복순아, 복순아, 괜찮니? 괜찮니? 우리 복순이 살았구나!"

복순이 엄마는 울먹였습니다. 온몸은 떨고 있었고요.

복순이는 정신을 잃은 듯 멍하니 서서 '엄메에 엄메에.' 울기만 했습니다.

복순이 엄마는 복순이의 얼굴과 목덜미를 마구 핥아대었습니다.

복순이는 엄마의 품속으로 파고들었습니다. 그리고 엄마 젖을 훑쳐 빨아대었습니다.

복순이 엄마는 실컷 빨아 먹도록 젖을 다 내맡기고 엉덩짝을 핥아 주었습니다. 그러다 눈을 지그시 감았습니다.

'하느님, 감사합니다! 내 새끼 살려 주셔서 감사합니다! 정말 감사합니다!'

복순이 엄마의 두 눈에는 뜨거운 눈물이 적셔 내렸습니다.

여기까지 생각한 엄마 복순이는 울컥한 마음이 북받쳐 눈물이 아름아름 어리었습니다.

복순이 어릴 때 엄마에게 끼쳐 드린 걱정은 그것 말고도 수없이 많습니다.

초겨울이었던가, 이웃집 길이 할머니네 뒤꼍 처마 밑에 매달아 놓은 무 시래기를 먹어버려 야단났지, 새끼 낳은 어미돼지와 새끼돼지에게 죽 끓여 주려고 놓아둔 보리등겨 훔쳐 먹다 엎질러 혼쭐났지, 주먹만한 수박이 한창 열리는 수박밭에 들어갔다가 돌멩이로 얻어맞아 한 달이나 절룩거리며 다녔지…….

그렇게 엄마 속을 태우다 보니 주인아저씨의 대학생 아들 공납금 때문에 엄마는 팔려 가고…….

엄마가 된 복순이는 헤어질 때의 엄마를 생각하니 설움이 북받쳐 올랐습니다.

그때 놀러 갔던 식이가 오후 소먹이 길에 나서기 위해 고삐를 풀었습니다.

"이랴!"

엄마소 복순이가 벌떡 일어섰습니다.

아기소 깜돌이도 발딱 일어섰습니다.

답답한 가슴

"할머니, 또 가슴이 답답해요. 그리고 속도 매스껍고 그래요."

"너 또 그 소리냐? 병원에 가 봐도 아무 이상 없다는데 도대체 왜 그러노? 좀 있으면 괜찮아지겠지. 어서 학교나 가거라! 어떻게 된 게 쬐끄만 애가 맨날 가슴 답답하다고 그래."

할머니는 등을 떠밀듯 해서 현관문 밖으로 날 내보내었습니다. 이번엔 정말 숙제를 못 해서 학교에 안 가려고 한 게 아닙니다. 그리고 꾀병도 아닙니다. 정말 가슴이 답답하고 속도 메스껍습니다. 요즘 늘 조금씩 그랬는데 오늘 아침엔 더욱더 그렇습니다. 그런데 막무가내로 학교에 가라니까 왠지 자꾸 눈물만 나옵니다. 눈물 이야기가 나왔으니 말이지만 난 요즘 왜 그렇게 눈물이 많아졌는지 모르겠습니다. 조금만 섭섭한 소리를 해도 그만 눈물부터 먼저 나는 걸요. 반지하 우리 집에서 계단을 오르는데도 벌써 눈물이 앞을 가려 제대로 올라올 수가 없었습니다. 난간만 잡지 않았다면 발을 헛디뎌 굴러떨어졌을지도 모르겠습니다.

우리 집 앞길까지 올라오긴 했지만, 학교엔 가기 싫었습니다. 그냥 발이 가는 대로 놔두었습니다. 동네 골목길을 빠져나가 내가 자주 놀던 놀이터로 갔습니다. 그리고 놀이터 그네에 우두커니 앉아 있었습니

다. 시간이 꽤 늦었는데도 여자아이 둘이서 나란히 손잡고 학교에 가고 있었습니다. 자매인가 봐요. 나는 또 한숨을 '푸우우' 내쉬고는 주먹으로 가슴을 툭툭 쳤습니다.

한참 동안 멍하니 앉아 있다 다시 집으로 발길을 돌렸습니다. 할머니께 한 번 더 학교에 못 가겠다고 말해 보기 위해서입니다. 그런데 발길은 집으로 돌렸지만, 마음은 집 쪽이 아니니 어떡합니까? 현관문 앞, 벨에 손을 올리다 그만 스르르 내리고 말았습니다. 다시 돌아 나와 그냥 우리 집 건물 계단을 따라 올라갔습니다. 3층 계단 끝까지 올라가 돌아 내려오려다 옥상 문을 슬며시 밀어 보았습니다. 문이 열렸습니다.

옥상에는 커다란 물탱크가 놓여 있고 한쪽에는 나무토막들이 쌓여 있습니다. 녹슨 자전거 한 대가 난간 벽에 기대어 서 있고, 깨어진 화분도 몇 개 있습니다. 그 밖에도 여러 가지 너절한 것들이 여기저기 놓여 있고요. 옥상에 나서 보니 동네가 훤히 보입니다. 난간 벽에 기대서 내려다보면 우리 집 앞길도 훤히 보이고요.

난 가방을 멘 채 옥상 난간 벽에 기대고 쪼그려 앉았습니다. 다시 가슴이 두근거리고 답답해 왔습니다. 속도 매슥거리고 뭔가가 왈칵 올라올 것 같기도 하고요. 또 주먹으로 가슴을 탁탁 치고 눈을 감고 가만히 있었습니다. 그러면 속이 좀 가라앉거든요.

'지금쯤 첫 시간이 시작되었겠지?'

"자, 자, 모두 조용히 하고 앞으로 보세요! 태우야, 손장난 그만해라 잉. 혜진아, 넌 왜 또 한쪽 옆으로 앉아 있니? 바로 앉아라."

이렇게 선생님의 잔소리도 시작되겠고요. 또 숙제 검사도 할 테지요. 숙제 안 해온 아이들이 제자리에서 엉거주춤 일어서면

"숙제 안 한 녀석들 모두 앞으로 나왓!"

이렇게 소리를 꽥 지를 테고요. 그러면 또 아이들은 쭈뼛쭈뼛 앞으로 나가겠지요. 나가면

"넌 왜 숙제를 안 해왔어? 날마다 집에선 도대체 뭐 하고 숙제를 안 해가지고 와? 이느므 자슥들, 도대체 어제는 뭘 했는지 말해 봐라! 공사장에 가서 일했냐 뭐했냐? 창혁이 너부터 말해 봐!"

이렇게 꼬치꼬치 캐물을 테고요. 아이들은 또 제대로 대답도 못 하고 머뭇거리다 선생님께 알밤을 오지게 한 대 먹을 것이고……

"숙제 안 한 놈들! 남아서 다 해!"

선생님이 다시 소리를 꽥 지르면 아이들은 똥 밟은 표정을 지으며 제자리로 들어가겠지요. 오늘 나도 학교에 갔으면 아마 그 속에 끼어 있었을 겁니다. 나는 그냥 모든 게 귀찮습니다. 그러니까 숙제하는 것도 귀찮아 안 해가는 날이 더 많지요.

가방 속을 뒤져 보았습니다. 책이라곤 수학 익힘책과 학교 도서실에서 빌린 동화책 한 권뿐입니다. 그리고 연습장 공책 한 권과 필통이 들어 있고요. 또 낙서하다 만 종이가 몇 장 구겨져 들어 있습니다. 물통도 들어 있네요. 물은 어제 넣어둔 그대로고요. 내 가방 뒤엔 언제나 닳아빠진 조그만 곰 인형 하나가 대롱거리고 있습니다. 4년 전 엄마와 시내 나들이 갔을 때 산 것입니다. 얼마 전에 책상 서랍 정리하다 다시 발견한 것이지요. 난 가방을 뒤지다 그대로 끌어안고 그냥 멍청하게 먼 하늘을 바라보았습니다. 그 하늘 끝자락에 새 한 마리가 팔랑팔랑 날아갑니다. 참 자유롭게 날아갑니다. 겹겹이 늘어선 먼 산을 바라보니 선생님이 들려준 시가 떠오릅니다.

산

상주 청리 3학년 박선용

먼 하늘 밑에는
삐쭉삐쭉한 할아버지 산들이 있고
할아버지 산 밑에는

아버지와 어머니 산들이

할아버지 산들을 따라가고

그 밑에는

누나와 오빠 산들이

막 뛰놀고 있다.

(1963. 5. 18, 책 〈일하는 아이들〉에서)

이 시를 듣고 난 엄마 산 아빠 산 품 안에서 마음껏 뛰어노는 아이들 산은 참 행복하겠구나, 생각했습니다.

참! 내일 학교에 가면 선생님은 뭐라고 하면서 날 혼내실까? 동무들이 날 보고 학교에 왜 안 나왔느냐고 자꾸 물으면 어떻게 대답해야 하나? 또 학원 선생님이 자꾸 꼬치꼬치 캐물으면 어떻게 대답해야 하나? 무엇보다 우리 아빠가 알면 얼마나 슬퍼할까?'

우리 아빠는 한 달에 한두 번 집에 올 때도 있고, 어떨 때는 한 달에 한 번도 못 올 때도 있습니다. 공사판을 따라다니며 막일하는 아빠의 생활은 늘 그렇습니다. 아빠는 집에 올 때마다 나에게 할머니 말씀 잘 듣고 공부 열심히 하라고 하는데 난 학교에도 가고 싶지 않고, 공부도 못하는데다 열심히 하지도 않고, 숙제도 잘 안 해갑니다. 왜 그런지 모르겠습니다. 다시 말하지만 그냥 싫을 뿐입니다.

아빠는 엄마와 헤어지고부터 늘 술만 마셨습니다. 할머니가

"야야, 너는 그래 술만 마시고 어떻게 할라고 그러노? 니 새끼들은 어떻게 하라고 그래 술만 마시고 그래? 어디 말 좀 해봐라."

이래도 아빠는 아무 말을 안 합니다. 가끔 집에 오면 그렇게 잔소리 듣고 잠만 자다 가버리는걸요. 오빠와 나한테도 별말이 없습니다. 어쩌다 한 번 우리를 데리고 밖에 나가 뭘 사주거나 외식을 할 때도 밝은 표정을 짓는 듯하지만 늘 그늘이 져 있습니다.

이제 셋째 시간 공부를 하겠지요. 옥상에서 아래를 살짝 내려다보니 우리 할머니가 보입니다. 할머니는 이쪽 골목으로 가서 한 번 훑어보고 저쪽 골목으로 가서 또 한 번 훑어봅니다. 벌써 선생님이 내가 학교에 안 나온 사실을 할머니께 알린 모양입니다. 그런 할머니의 모습을 보니 미안한 마음이 들어 그만 집에 들어갈까, 하는 생각도 들었습니다. 그렇지만 혼날까 두렵기도 하고 아무 생각 없이 아무도 모르게 그냥 이렇게 있고 싶기도 합니다. 또 새처럼 훨훨 날아 어디든 멀리 떠나고 싶기도 합니다.

할머니한테

"아이구우, 이 웬수들! 내가 못 살아! 내가 전생에 무슨 죄를 지어서

이 고생을 하는지 모르겠네. 휴우우!"

　이렇게 한 소리 들을 때마다 그만 죽고 싶은 마음도 듭니다. 나는 할머니한테 정말 원수 덩어리인지도 모르지요.

　이제는 집에 들어가고 싶어도 쉽게 들어가지 못하게 되었습니다. 내 행동은 이미 엎질러진 물처럼 되었기 때문이지요. 나는 아무 생각 없이 신고 있는 운동화를 만지작거렸습니다. 그러다 가방에서 유리 테이프를 꺼내어 운동화에 붙였다 떼었다 하기도 했습니다. 한참을 그러다 필통에 이름을 썼다 지우곤 하기도 했습니다.

　나는 다시 가방을 꼭 안았습니다.

　'엄마는 어떻게 지낼까? 엄마는 내 생각이나 할까? 이제 나를 아주 잊어버렸는지도 몰라.'

　엄마 생각을 하니 눈물이 주르르 흘러내립니다. 그리고는 다시 가슴이 답답해져 왔습니다.

　엄마는 4년 전에 집을 나갔습니다. 그때 나는 아주 어려서 자세한 내용은 잘 모르겠습니다. 그렇지만 엄마 아빠가 돈 때문에 자주 다투었다는 것만은 또렷이 알고 있습니다. 엄마는 아빠와 다툴 때마다 늘 나를 꼭 껴안고 울었습니다. 그리고

　"수정아!"

이렇게 이름만 부르며 머리를 쓰다듬기도 하고 내 볼에 엄마의 볼을 비비기도 했습니다. 나도 그만 훌쩍거리고 말지요. 그러면 엄마는 또

"그래그래, 괜찮을 거야. 울지 마라, 수정아. 엄마가 미안해."

이러면서 눈물을 닦고는 내 몸이 으스러질 정도로 꼬옥 안았고요.

그런데, 하루는 엄마와 아빠가 더욱 크게 다투었습니다.

"난 이제 더 이상 당신하고 이렇게는 못 살아요! 그렇지만 당신! 우리 아이들 눈에 눈물 나게 만들면 내 가만 안 있을 테니까 그렇게 알아욧!"

엄마는 이렇게 아픈 말을 하고는 나를 꼬옥 안고 하염없이 눈물만 흘렸습니다. 이튿날 아침에 일어나 보니 엄마는 온데간데없었습니다.

집을 나간 엄마에게서 가끔 전화가 왔습니다. 그럴 때마다 전화기 속에는 엄마의 울음소리만 들려왔습니다. 전화를 받는 나도 엄마를 부르며 자꾸 울기만 했습니다. 울어도 울어도 가슴만 답답할 뿐이지요. 그러다 차츰 전화가 뜸해지더니 이젠 아예 소식조차 없습니다.

난 꼬챙이로 시멘트 바닥을 생각 없이 이리 긁고 저리 긁고 하였습니다. 점심때가 지났는지 배가 무척 고파 왔습니다. 배에서 자꾸 '꼬로록 꼬로록' 소리도 났습니다. 침도 꼴깍 넘어갔습니다. 지금쯤 우리 반 아이들은 식당 앞에 줄을 서 있겠지요. 선생님이

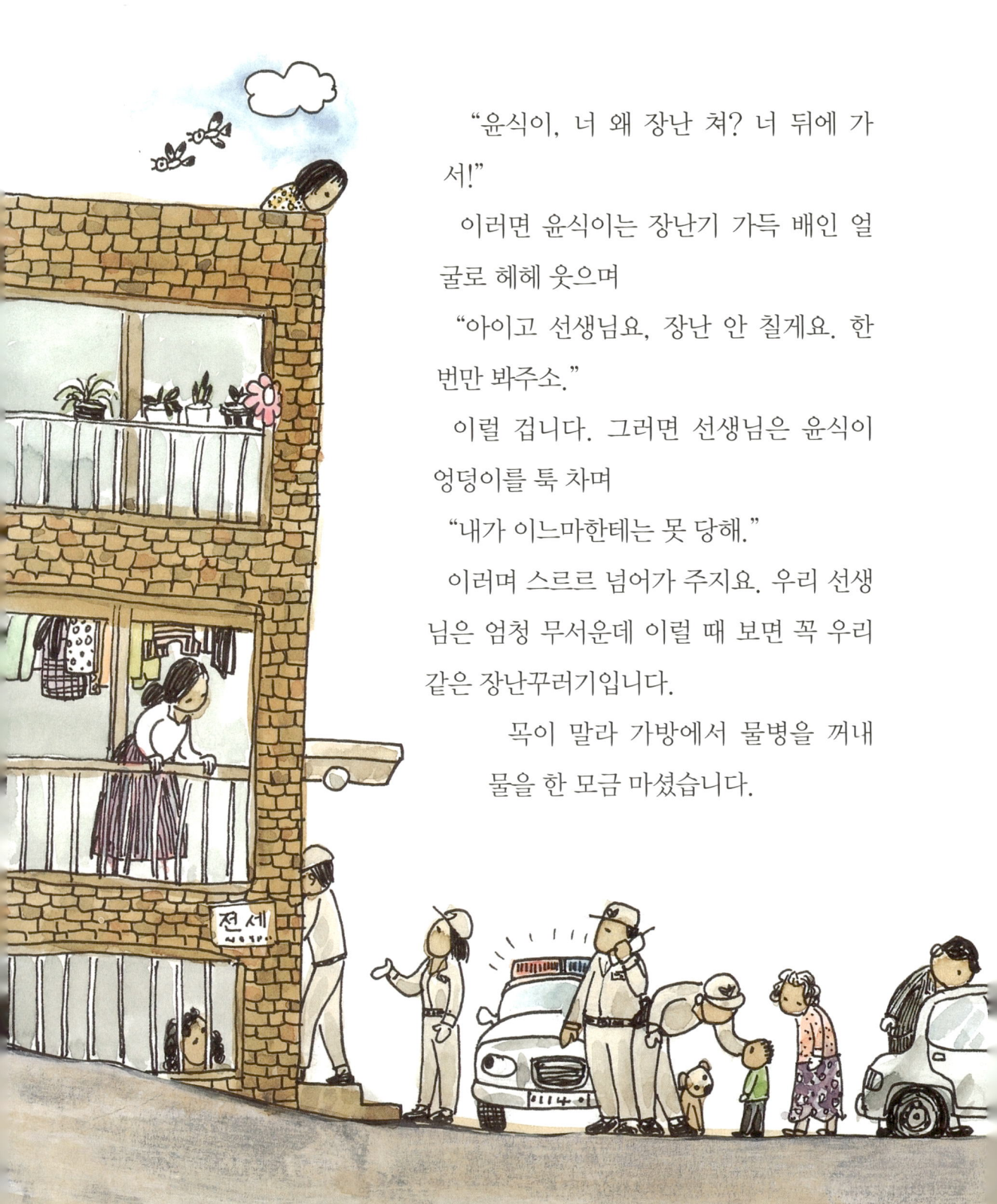

"윤식이, 너 왜 장난 쳐? 너 뒤에 가서!"

이러면 윤식이는 장난기 가득 배인 얼굴로 헤헤 웃으며

"아이고 선생님요, 장난 안 칠게요. 한 번만 봐주소."

이럴 겁니다. 그러면 선생님은 윤식이 엉덩이를 툭 차며

"내가 이느마한테는 못 당해."

이러며 스르르 넘어가 주지요. 우리 선생님은 엄청 무서운데 이럴 때 보면 꼭 우리 같은 장난꾸러기입니다.

목이 말라 가방에서 물병을 꺼내 물을 한 모금 마셨습니다.

우리 집 앞길 쪽에서 '쾅' 자동차 문 닫는 소리가 들렸습니다. 그리고 무슨 말소리도 들렸습니다. 나는 살짝 내려다보았습니다. 아! 우리 선생님입니다. 선생님은 할머니와 이야기를 나누더니 다시 자동차를 몰고는 어디론가 갔습니다. 할머니도 어디론가 갔습니다. 아마 나를 찾으러 다니는 것이겠지요.

그런데, 조금 있으니 경찰차가 우리 집 앞에 서 있는 것이 아니겠습니까! 경찰차에서 남자 두 사람과 여자 한 사람이 내리더니 잠시 머뭇거리다 우리 집으로 들어갑니다. 그만 가슴이 쿵쿵거리기 시작했습니다. 내가 정말 엄청나게 큰일을 저지른 것 같았기 때문입니다. 또 좀 있으니 경찰 아저씨 두 명이 짝을 지어 돌아다니는 모습도 보였습니다. 그 경찰 아저씨는 길 가는 아이들에게 무슨 말을 건네기도 했습니다. 무엇을 찾고 있는 것 같았습니다. 그 무엇이란 것은 바로 나일 것이라는 생각이 들었습니다.

다시 쪼그리고 앉았습니다. 머리를 절레절레 흔들었습니다. 자꾸만 가슴이 답답합니다. 그러나 그냥 아무 생각도 하고 싶지가 않습니다. 그런데, 어제 미술 시간의 일이 떠오릅니다. 그 생각을 하니 그만 또 목이 뜨거워 오네요. 모둠별로 놀이터 꾸미기를 하는데 난 준비물을 가지고 가지 못했습니다. 그건 오빠 때문입니다. 참! 중학교 1학년

인 우리 오빠 말이 나왔으니 말이지만 오빤 정말 보기도 싫습니다. 내가 하는 말은 아예 듣지도 않고, 내가 자기에게 조금만 못마땅해도 욕하고 때리기 때문입니다. 무엇이든 제멋대로 해야 합니다. 할머니 말도 잘 안 들어서 자주 혼이 납니다. 오빠만 혼나면 괜찮지요. 그 불똥이 나한테까지 튀는 겁니다.

어쨌든 그런 오빠가 아침에 할머니한테 체육복을 달라고 했습니다. 할머니는 오빠의 체육복을 찾아 주었습니다. 그런데 체육복을 보던 오빠의 얼굴이 일그러졌습니다.

"할머니, 체육복 떨어졌잖아! 이걸 어떻게 입어, 아이씨이!"

"그래도 입어야재. 그만 가져가거라."

"아이씨이, 떨어졌는데 어떻게 입어!"

"그러면 어떡할 건데?"

"내가 전에부터 체육복 사 달라고 했잖아!"

"야 이눔 자슥아, 갑자기 돈이 하늘에서 뚝 떨어지나, 땅속에서 솟나!"

"아이씨이, 몰라!"

오빠는 징징 울면서 떨어진 체육복을 내팽개치고 그냥 학교로 가버렸습니다.

"야 이눔 자슥아! 니 애미는 소식도 없고, 니 애비는 언제 올지도 모르겠고 돈은 없는데 어떡하노! 내가 무슨 죄가 많아 이 고생을 하노, 아이구 내가 못 살아!"

그 모습을 보니 난 준비물 살 돈 달라는 소리는커녕 아예 입이 딱 닫혀버리고 말았습니다. 아침밥도 몇 숟갈 뜨다 말고는 그만 숟가락을 놓았습니다. 그런 나를 본 할머니는 또 내 쪽으로 횟불을 내뿜었습니다.

"야 이눔 가시나야! 너는 왜 밥도 안 먹고 그러노, 으이! 쥐뿔도 없는데 입은 고급이라 고급! 아무거나 처먹지 입은 왜 짧아가지고 사람을 애먹이노, 애먹이기를! 아이구우! 내가 전생에 무슨 죄를 지어갖고 이 고생을 하노, 으이! 아이구우, 내 팔자야!"

난 그만 얼른 할머니를 피해 집을 나와 버렸습니다.

미술 시간이 되었습니다. 아이들은 준비물 못 가져온 나한테 신경질을 내며 말했습니다.

"야! 정수정! 준비물을 안 가져오면 어떡해? 수수깡 없으면 어떻게 놀이터를 꾸며? 아이참!"

민지에 이어 소연이가 또 눈을 흘기며 말했습니다.

"그래. 너 너무했다. 어떡할 건데? 우리 모둠 점수 적게 받으면 니가 책임질래?"

그러고도 몇 차례 돌아가며 가시 돋친 말들을 내뱉었습니다. 그 가운데 내 마음을 몹시 아프게 한 말은 재윤이의 말입니다.

"야! 너희 집은 그렇게나 가난하냐, 그것도 못 사오게?"

그 말에 그만 눈물이 핑 돌았습니다. 눈물을 글썽이는 나를 본 윤희가 말렸습니다.

"애들아, 너희 너무 심하다. 못 가져올 수도 있지 왜들 그래. 수정아, 괜찮아. 다른 모둠 아이들한테 내가 빌려 올게. 너무 걱정하지 마. 그리고 너무 섭섭해하지 마."

윤희가 나를 달래긴 했지만, 속에서 북받쳐 오르는 설움은 참을 수가 없었습니다. 정말이지 난 그 미술 시간 내내 가시방석에 앉아 있는 것만 같았습니다.

오후 해가 기울기 시작했습니다. 골목에서 아이들 소리가 들렸습니다. 아이들이 학교에서 돌아오는 것이지요. 난 가방 끈 끝에 터져 나온 실밥을 자꾸 쥐어뜯었습니다. 그러다 또 필통 속에서 볼펜을 꺼내어 내 운동화 끝에 낙서를 하기도 했습니다. 그러다 가방을 안고 깜박 잠이 들었습니다.

깨어보니 곧 해가 뉘엿뉘엿 넘어가고 있었습니다. 아! 나는 어떻게 할까 망설였습니다. 어쩔 수 없어 옥상에서 조심스럽게 내려왔습니다.

우리 집 앞길에 지나다니는 사람은 보이지 않았습니다. 현관문 앞에 서긴 섰지만, 용기가 나지 않았습니다.

'선생님은 아직 날 기다리고 계실까?'

다시 용기를 내어 벨을 눌렀습니다.

"누구세요?"

할머니 목소리입니다. 나를 본 할머니의 눈이 휘둥그레졌습니다.

"수정아! 너 어디 있다 이제 오니?"

"……."

"아이구우 이 가시나야, 어데 갔다가 이제 와? 내가 너 때문에 못 살아! 아이구우!"

이러면서도 나를 꼭 안았습니다. 나는 할머니가 하는 대로 몸을 맡겼습니다. 그냥 서러워 눈물만 자꾸 솟구쳐 나왔습니다.

할머니가 어떤 말을 내뱉건 듣는 체도 하지 않고 방에 들어와 가만히 쪼그리고 앉았습니다. 그렇지만 할머니가 날 그냥 가만둘 리가 없겠지요?

"수정아! 너 어디 있었어?"

"……."

"너 도대체 어디 있었냐? 왜 할매 속을 그래 썩이니? 온 데 다 찾아

헤맸어. 선생님도 오전부터 점심도 안 먹고 너를 찾았다더라. 너 도대체 왜 그렇게 속을 썩이니? 응? 너 어디 있었는지 할매한테 말해 봐라!"

"……."

조금 있으니 선생님도 오셨습니다.

"수정아!"

선생님이 부르는 말에 더욱 고개를 떨구었습니다. 선생님은 내 이름을 불러놓고 한숨을 푹 내쉬었습니다. 무거운 짐을 지고 있다 내려놓으며 내는 그런 긴 숨 같기도 하고 나에 대해 속상했던 감정을 그 속에 뿜어내는 긴 숨 같기도 했습니다.

"수정아, 어디 있었어? 온 데 다 찾아다녔어. 우리 반 동무들도 모두 네 걱정 엄청 할 거야."

그러면서 내 어깨를 도닥여 주었습니다.

뒤이어 아저씨 형사 두 분과 아줌마 형사 한 분이 들어왔습니다. 한 분이 경찰서에 전화했습니다.

"부장님, 사건 상황 끝입니다. 애가 돌아왔습니다."

모두 거실로 나가고 아줌마 형사만 방에 남았습니다. 아줌마 형사는 내 등을 도닥이며 다정하게 물었습니다.

"수정아, 어디에 있다 왔어? 아줌마한테만 말해 보렴."

"……."

"괜찮아. 그냥 알고 싶어 그러는 거야. 아줌마한테만 말해 줄래? 친구들한테 갔었어? 아니면 너희 엄마가 널 찾아왔었니?"

"……."

아줌마 형사가 아무리 물어도 나는 입을 꾹 다물고 있었습니다. 아무것도 말할 것이 없기 때문입니다. 그냥 가슴만 답답할 뿐……. 아니, 할 말이 있다 해도 지금은 말하고 싶지 않습니다. 모든 것이 귀찮습니다.

"수정아, 말하기 싫으면 아줌마 메일로 말해 줄래? 아줌마 메일 주소 여기 있어. 이리로 연락해 줘. 알았지?"

아줌마 형사가 쪽지를 내 앞에 두고 나가자 다시 선생님이 들어왔습니다.

"수정아, 그냥 아무 걱정하지 말고 푹 쉬어라. 말하기 싫으면 안 해도 돼. 내일 꼭 학교에 나올 거지?"

"……."

"그래 대답 안 해도 돼. 쉬어라, 나 간다."

선생님이 방에서 나가는 것도 돌아보지 않았습니다. 할머니가 밥상을 차려 와도 먹지 않았습니다. 배고픈 줄도 모르겠고 그냥 가슴만 답답할 뿐이니까요. 그리고 그냥 슬플 뿐이니까요. 가만히 누워 눈을 스르르 감았습니다. 내 눈에서 두 줄기 눈물이 눈 옆얼굴을 타고 주르르 흘러내렸습니다.

종이 줍는 할아버지

　낮은 언덕이 오르락내리락하는 골목길입니다. 골목길이라고
했지만 양쪽에는 작은 가게들이 늘어서 있지요. 채소가게, 떡볶
이가게, 세탁소, 미장원, 쌀가게, 옷가게, 조그만 슈퍼, 문방구,
짜장면 집……. 어떤 가게에서는 길 쪽으로 여러 가지 물건들을
들쭉날쭉 내어놓기도 했습니다. 또 길 양쪽에는 자가용, 조그만
짐차, 오토바이 같은 것들을 세워 놓기도 했고요. 어떤 가게에
서는 자기 집 앞길에 차를 세우지 못하도록 플라스틱 의자를 내
어놓은 곳도 있습니다. 그 길로 사람도 지나가고, 차도 지나가
고, 오토바이도 지나갑니다. 골목 안 초등학교에서 나오는 아이
들도 재잘거리며 지나가고요. 사람이 다니는 길을 따로 만들어

놓지 않아 아이들이 다니기에는 위험하기도 합니다. 큰길 가까운 골목
길 가에는 나물 파는 할머니가 푸성귀를 모닥모닥 놓고 앉아 있지요.
어떤 할머니는 오가는 사람들에게 사라고 말을 하기도 하고 어떤 할머
니는 오도카니 앉아만 있기도 합니다.

　오늘도 그 골목길엔 한 할아버지가 종이 상자를 주워 조그만 손수레
에 싣고 있습니다. 할아버지는 조금 마른 편인데다 키도 자그마하고
허리도 조금 구부러져 있습니다. 머리카락은 하얀데 짧게 깎았습니다.
햇볕에 까맣게 탄 얼굴, 주름진 얼굴에 하얀 수염이 까칠하게 나 있습
니다. 입고 있는 옷은 땀에 절어 있고 신발은 옆구리가 터진 헌 구두입
니다.

오늘은 종이 상자를 제법 모아 조그만 손수레 위로 높이 쌓여 있습니다. 할아버지는 언덕길 중간쯤 오르다 손수레를 옆으로 돌려 세워 놓고 두 바퀴에 돌을 받쳐 놓았습니다. 그리고는 작은 골목길로 들어가 이리저리 살펴보았습니다. 잠시 뒤 큰 종이 상자 하나와 음료수가 담겼던 작은 종이 상자 몇 개를 주워 와 꽁꽁 매어 놓은 끈을 당기며 쿡쿡 끼워 넣었습니다. 큰 종이 상자는 그냥 끼워 넣을 수가 없어 매어 놓은 끈을 살짝 끌렀습니다. 그런데 그만 쌓아 놓은 종이 상자가 와르르 무너져 내리면서 길바닥에 두두두 떨어지고 말았습니다.

"아야!

"엄마!"

마침 그 옆을 지나던 여자아이들 쪽으로 떨어진 것이지요.

"할아버지! 다칠 뻔했잖아요!"

"으, 으응?"

"종이 상자 떨어져서 우리가 다칠 뻔했단 말예욧!"

"그 그래? 미 미안하구나."

"미안하면 다예요? 이렇게 좁은 길을 막아 놓으면 우리는 어떻게 다녀욧! 아이참!"

"아이구, 공주 아가씨들. 이 할애비가 미안하게 됐구먼."

"우리는 아가씨가 아니에요."

"허허허……."

"할아버지, 웃지 마세욧! 칫!"

할아버지 앞에 나서서 따진 아이는 4학년 혜영이란 아이입니다. 옆에 있던 아이들도 토라진 표정을 지었습니다. 할아버지는 톡톡 따지는 여자아이들의 모습이 오히려 귀엽기만 하다는 표정으로 저만치 걸어가는 뒷모습을 바라보았습니다.

할아버지는 다시 종이 상자를 손수레에 얹어 끈으로 꽁꽁 매어 놓고 주위를 살펴보았습니다. 종이 상자가 더 있나 살펴보는 것이지요. 그런데 학교 가까이 아이들 다니는 길에 헌 책꽂이 같은 것이 버려져 있었습니다.

"저런! 누가 저렇게 버려 놓았지? 쯧쯧쯧……. 저놈을 치워야겠구면."

할아버지는 그걸 길 한쪽으로 끌고 가 톱으로 자르고 망치로 부쉈습니다.

"억!"

할아버지는 그만 손가락을 치고 말았습니다. 찡그린 표정으로 발발 떨리는 손가락을 보더니 입으로 쪽 빨았습니다. 그리고는 아무렇지도 않다는 듯 다시 책꽂이를 부수어 끈으로 꽁꽁 묶었습니다. 그걸 손수레 한쪽에 달랑 매달고는 가면서 다시 버려진 종이가 있나 없나 주위를 두리번두리번 살폈습니다.

할아버지는 골목 네거리에서 다시 손수레를 세웠습니다. 길고양이가 그랬는지 밖에 내어놓은 쓰레기 봉지가 마구 흩트려진 것을 본 것입니다. 쓰레기가 온 길에 흩어져 보기가 아주 흉합니다. 할아버지는 그걸 모두 주워 모아 쓰레기 봉지에 담고 다시 꽁꽁 묶어 놓았습니다. 그리고 다시 이리저리 살폈습니다. 어느 집 앞에 버리려고 아무렇게나 내어놓은 물건들을 한쪽으로 가지런히 해놓았습니다. 또 좀 가다 깨어진 유리병 조각을 통에 주워 담았습니다.

이제 할아버지는 내리막길을 내려갔습니다. 손수레 손잡이를 두 손으로 꽉 잡고 뒤로 버티며 간신히 내려갔습니다. 그런데 아무리 버티어도 손수레는 속력이 점점 빨라지더니 가속도가 할아버지 버티는 힘을 넘어서 버리고 말았습니다.

"어어어!"

자꾸만 채소가게 쪽으로 가는 겁니다.

"어이쿠!"

손수레는 채소가 얹혀 있는 상자 위의 좌판을 치고도 몇 미터 더 가

전봇대를 쾅 박고서야 겨우 멈춰 섰습니다. 하마터면 그 앞에 세워 둔 자가용까지 박을 뻔했습니다. 푸성귀 채소가 다 흐트러지고 호박이랑 가지 같은 것들이 길바닥으로 나뒹굴었습니다. 채소가게 주인아주머니가 나와 고래고래 소리쳤습니다.

"아유, 이걸 어째! 아유, 이걸 어째! 가게 다 망쳤네! 아유 아유 아유!"

옆집 세탁소 아저씨, 건너편 미장원 아주머니, 둘레 사람들도 깜짝 놀라 나왔습니다. 할아버지는 그래도 다친 데가 없는지 손수레에서 빠져나와 엉거주춤 서 있었습니다. 그런데 무릎에서 피가 주르르 흘러내렸습니다.

"영감님, 이거 어떡할래요? 이거 다 물어내욧! 오늘 받아 놓은 채소하고 과일을 이렇게 다 망쳐 놓았잖아요!"

"어, 그게……. 어……."

할아버지는 이러지도 저러지도 못하고 뻘쭘하게 서 있었습니다.

"하이고, 이걸 어째! 반은 버려야겠네! 이걸 어떻게 손님들에게 팔아, 어떻게! 영감님, 이거 어떡할 겁니까?"

채소가게 아주머니는 흐트러진 채소와 과일을 주워 모으면서도 소리소리 질렀습니다. 몇몇 이웃 사람들이 아주머니를 도와주었습니다. 할아버지는 안절부절못하고 서 있다 흩어진 채소와 과일을 주워 모으려고 엎드렸습니다.

"그냥 둬욧!"

아주머니는 할아버지를 밀어내었습니다. 할아버지는 더욱 미안해 어쩔 줄을 몰라 했습니다. 그러다 주머니에서 무엇을 꺼내었습니다. 꼬깃꼬깃 접혀 있는 천 원짜리 종이 돈 몇 장이었습니다. 그걸 아무 말 없이 아주머니 앞에 내밀었습니다.

"됐어요!"

아주머니는 할아버지가 내민 손을 밀어버렸습니다.

"가뜩이나 장사도 안되는데 오늘 장사는 다 망쳤네!"

어지간히 수습한 아주머니는 가게 안으로 휑 들어가 버렸습니다. 세탁소 아저씨가 할아버지에게 다가왔습니다.

"영감님, 괜찮으세요?"

"나야 뭐……."

"채소가게 아주머니 저래도 내일만 되면 빈 종이 상자 챙겨 놓았다가 할아버지 드릴 겁니다."

미장원 아주머니도 다가왔습니다.

"영감님, 무릎에 피가 나요. 이걸로 닦아요. 약도 발라야겠네."

"이까짓 거야 뭐……."

"영감님, 섭섭하게 생각하지 마세요. 채소가게 아주머니 요즘 안 좋은 일이 있어 더 그럴 거예요."

"내가 죄송할 따름이지요, 뭐."

길에는 할아버지 손수레에서 떨어진 종이 상자와 온갖 잡동사니가 마구 흩어져 있었습니다. 그래도 다른 큰 사고가 나지 않은 게 얼마나 다행인지 모릅니다.

길가 저쪽에서 신문지 위에 나물을 모닥모닥 놓고 팔고 있던 한 할머니가 다가왔습니다.

"영감님, 괜찮수? 아이구, 큰일 날 뻔했수. 연세도 있으신 양반이 짐을 이렇게 많이 실어서 어떻게 끌고 갈라고 그래요, 쯧쯧쯧……."

이러며 할아버지가 묶고 있는 끈을 붙잡아 주었습니다.

"고마워요. 모두 이렇게 다 고마운 분들 덕에 내가 살지요. 내가 이 골목에서 이렇게 종이를 주울 수 있는 것도 다 골목 사람들 덕분이지요."

지나는 사람들은 아무 일 없다는 듯 바삐 지나갑니다. 지나가던 자가용이 또 빵빵거립니다. 할아버지가 막 수레를 끌려고 하는데 채소가게 아주머니가 다시 나왔습니다.

"영감님, 아까는 죄송해요. 요즘 장사도 잘 안되고 속상한 일이 있어 그만 할 말 못할 말을 막 했네요."

"아이구! 내가 미안해서 몸 둘 바를 모르겠소. 장사를 망쳐서 어떡해요?"

"어쩌겠습니까. 채소가 좀 상한 것도 있긴 하지만 그런대로 괜찮습니다. 다친 무릎은 괜찮으세요?"

"이까짓 거야 괜찮아지겠지요, 뭐."

할아버지 눈에는 눈물이 글썽 괴었습니다.

오늘은 할아버지의 손수레가 학교 옆 언덕길을 오르고 있었습니다. 오늘도 종이 상자를 꽤 많이 주웠는가 봅니다. 손수레 뒤를 4학년 남자 아이들이 몰래 따르고 있었습니다.

"야, 너거들 할아버지 손수레 잡아당겨 볼래?"

"히히히, 그거 재미있겠는데!"

아이들은 할아버지의 손수레 뒤에 살금살금 따라가 수레를 살짝살짝 잡아당겼습니다. 잘 올라가던 손수레가 주춤주춤 했습니다. 할아버지는 그것도 모르고 땀을 뻘뻘 흘리며 언덕을 오르기 위해 온 힘을 다했습니다. 아이들이 이번엔 더 세게 당겼는가 봅니다. 수레가 주춤합니다.

"어어어! 이놈의 수레가 왜 이래?"

할아버지의 모습을 본 아이들은 웃음을 참지를 못했습니다.

"히히히……."

"키키키키키……."

아무리 소리를 죽여 키득거려도 할아버지가 들었는지 이렇게 말하는 것입니다.

"아이구, 총각들이 이 할애비를 도와주는구나! 고맙네."

이 말을 들은 아이들은 웃던 웃음을 멈췄습니다. 밀기는커녕 오히려 못 올라가게 뒤로 당기고 있는데 할아버지가 고맙다고 말했기 때문이지요.

"야, 밀자!"

"그래! 밀자!"

"으싸! 으싸!"

그때부터 아이들은 진짜 손수레를 힘껏

밀었습니다. 손수레는 거짓말같이 언덕 끝까지 쉽게 올랐습니다.

언덕을 다 올라간 할아버지는 손수레를 세우고 손잡이에 걸터앉으며 목에 걸고 있던 수건으로 땀을 닦았습니다.

"아아따, 총각들이 밀어주니까 단숨에 올라오는구먼. 총각들, 이리들 오너라."

할아버지는 주머니에서 사탕 봉지를 꺼내더니 사탕을 하나씩 나누어 주었습니다. 아이들은 겸연쩍어 머리를 긁적긁적하면서도 사탕을 받았습니다.

"고맙습니다."

"고맙기는 내가 고맙지, 이 할애비를 도와줬으니까."

할아버지는 흐뭇한지 마냥 싱글벙글했습니다.

그 골목에 사는 아이들의 가정 형편은 고만고만합니다. 골목의 아이들 가운데는 어머니 아버지 두 분 모두 공장에 다니는 아이도 있고, 어머니와 동생과 사는데 어머니는 날마다 길에서 붕어빵 장사하는 아이도 있습니다. 어머니 아버지 둘 다 헤어져 할머니 할아버지와 사는 아이도 있고요.

4학년 태식이가 혼자 힘없이 학교에서 터덜터덜 돌아오고 있는 모습을 할아버지가 보았습니다.

"애야, 이제 학교 갔다 오냐?"

"네, 할아버지."

"니 이름이 태석이라 그랬지?"

"아니에요. 태석이가 아니고 태식이요."

"으응, 그래. 태식이. 그런데 와 그래 어깨가 축 처져 있노?"

"할아버지, 오늘 친구와 싸웠어요. 친구가 자꾸 나를 놀렸어요. 우리 엄마가 찔뚝이라면서요. 그래서 내가 때려 줬어요."

"그래? 친구를 놀리면 나쁘지. 이 세상에 하나밖에 없는 엄마를 그렇게 놀리면 더 안 되고……."

"그렇지요, 할아버지? 나쁘지요?"

"그런데, 태석아. 그래도 한 번 더 참아 봐라."

할아버지는 태식이의 머리를 쓰다듬어 주었습니다. 태식이는 왠지 맺혀 있던 마음이 스르르 풀어지는 것 같았습니다.

"할아버지, 할아버지 식구들은 누구누구에요?"

"나? 나 혼자야."

"진짜 아무도 없어요?"

"손녀 하나가 있었지. 지금 살아 있었으면 꼭 너만 해. 그런데 저 하늘나라로 가버렸지."

“왜요?”

“…….”

할아버지 눈에 눈물이 어른거렸습니다. 태식이는 할아버지의 모습을 보고는 더 묻지를 않았습니다. 할아버지 손녀는 학교 갔다 돌아오다 골목길에서 차 사고를 당했다고 했습니다. 그래서 늘 이 골목을 벗어나지 못하고 있다고 했습니다.

“너희 같은 아이들만 보면 우리 손녀가 생각나.”

“예에, 그 그러세요?”

“태석아, 그만 어여 가거라. 학원 가야지.”

“할아버지, 태석이가 아니고 태식이라니깐요.”

“하하하하하, 태석이나 태식이나 같은 아이니까 그게 그거지 뭐. 하하하…….”

할아버지가 또 이 골목 저 골목 살피다 종이 상자 하나를 주워 나오려는데 골목길 저쪽에서 눈물을 훔치며 서 있는 여자아이를 발견했습니다.

“으응? 누구지?”

할아버지는 여자아이에게 다가갔습니다.

“너 미진이 아니냐? 왜 울고 있어?”

“할아버지, 으으응 으으응…….”

"그래그래. 뚝 해라, 뚝. 그런데 왜 울어? 어서 말해 봐라. 왜 그래?"

"엄마 아빠가 싸웠어요."

"으응. 그래서 속상하고 무서웠겠구나."

"네, 할아버지. 엄마 아빠는 왜 맨날 싸우는지 모르겠어요."

"그래. 엄마 아빠가 속상한 일이 많은가 보구나. 곧 괜찮아질 거야."

할아버지는 미진이를 보듬어 안아주었습니다. 미진이는 어깨를 들썩이며 울었습니다.

"자 이제 그만 울어. 뚝."

울음을 그치자 아이를 뒤돌아 세우며 말했습니다.

"이제 곧 괜찮아질 거야. 어서 집에 들어가, 알았지?"

할아버지는 아이가 안쓰러워 보였는지 자꾸만 뒷모습을 바라보았습니다.

그때 여자아이들 네 명이 조잘거리며 할아버지 쪽으로 걸어오고 있었습니다.

"아악!"

한 여자아이가 그만 넘어지고 말았습니다. 옆에 있던 아이들은 깜짝 놀라 어쩔 줄 몰라 했습니다. 할아버지가 얼른 달려갔습니다.

"얘야, 괜찮니?"

할아버지는 아이를 일으켰습니다.

"으응? 너 혜영이 아니냐?"

"할아버지, 저기에 걸려 넘어졌어요."

"어허! 누가 또 길에 못 쓰는 의자를 버렸네! 아이구, 내가 저놈을 미처 못 봤구나. 이 할애비 탓이여."

할아버지는 혜영이 무릎에 난 피를 닦아주었습니다.

"할아버지, 고마워요. 이제 안 아파요."

"그래, 아픈 것도 잘 참는구나. 집에 가서 엄마한테 약 발라 달라고 해라."

"네에, 할아버지. 그런데 할아버지. 전번에 제가 모땠게 군 거 죄송해요."

"으 으응, 그거? 아니야. 할애비가 잘못했는걸."

"그래도 할아버지한테 너무 버릇없이 굴었잖아요."

"아이고, 요 아가씨는 마음도 이쁘구나."

여자아이들은 다시 재잘거리며 갔습니다.

며칠 뒤입니다.

"할아버지!"

남자아이들이 할아버지 가까이 다가가며 불렀습니다.

"으, 으응?"

"할아버지, 종이 많이 주웠어요?"

"빌로 없네. 요새 누가 트럭 몰고 다니면서 막 주워 가서 잘 없어."

"할아버지, 오늘 우리 노래 배웠어요."

"무슨 노랠 배웠는지 할애비 앞에 함 불러 봐라."

"'퍼프와 재키'라 카는 노래요."

"허허허, 함 불러 봐라."

아이들은 큰소리로 노래를 불렀습니다.

"하하하하, 잘 부르네! 듣기 좋구나."

"또 다른 노래도 불러 볼까예?"

골목에는 아이들의 노랫소리가 울려 퍼졌습니다.

남자아이들이 지나가고 이내 여자아이들이 왔습니다.

"으잉? 이쁜 아가씨들, 이제 학교 마쳤구나?"

"네, 할아버지. 우리 오늘 다섯 시간 공부하고 청소도 했어요."

"할아버지, 이거요."

"그거 종이 상자 아니냐? 웬 거고?"

"저기 가게 앞에 버려둔 거 할아버지 드리려고 가져왔어요."

"아이고, 귀한 공주 아가씨들이 그걸 어떻게 들고 왔노. 허허허
허……."

할아버지는 여자아이들이 가져다주는 종이 상자를 손수레에 얹어 꽁
꽁 묶었습니다.

"할아버지, 가요. 우리가 밀어드릴게요."

"아니다. 이것쯤은 혼자 얼마든지 끌고 갈 수 있어."

"아녜요. 할아버지도 저쪽 큰길 쪽으로 가잖아요. 우리도 그쪽으로

가니까 밀어드릴게요."

"그러면 요 언덕 오를 때까지만 밀어줄래?"

"예에."

아이들은 할아버지 손수레를 밀었습니다.

"아이구, 리어카가 날아가네, 날아가. 인자 됐다. 나는 요쪽에서 종이 더 주울란다. 너희는 어서 가거라. 학원 가야지."

"네에, 할아버지. 종이 많이 주우세요."

할아버지는 손녀 같은 여자아이들의 뒷모습을 흐뭇하게 바라보았습니다. 아이들이 골목을 다 빠져나가자 다시 손수레를 끌며 골목을 이리저리 살폈습니다.

하늘고추가 살아온 길

나는 하늘고추 씨앗입니다. 꽃처럼 보기만 할 수 있는 예쁜 화초 고추의 씨앗이지요. 크기는 고추도 작지만, 씨앗도 보통 고추씨앗보다 조금 작습니다. 우리 식구들은 모두 한곳에 모여 살았지만, 지금은 뿔뿔이 흩어졌습니다. 난 학교 뒤쪽 화분 흙 모아둔 곳에 묻혀 있습니다. 함께 행복하게 살았던 언니, 오빠, 동생들! 모두모두 어디서 어떻게 지내고 있는지, 그 생각만 하면 내 마음이 아려 옵니다.

그런데, 나는 지금 정말 슬프고도 어려운 일을 겪고 있습니다. 아니 아니, 희망이 아주 꺾여버렸습니다. 왜냐고요? 난 흙 속 아주 깊은 곳에 묻혀 있거든요.

"아! 나는 언제까지 이 깜깜한 땅 밑 깊은 곳에서 숨도 제대로 못 쉬고 죽어야 하나!"

자꾸만 한숨 섞인 소리만 나옵니다. 우리 어머니가 날 떠나보낼 때 "앞으로 살아가는 것은 네 몫이다." 이렇게 말했습니다. 그때 나는 그 말이 무슨 말인지 몰랐습니다. 아니, 그런 건 생각지도 않았습니다. 하지만 나 혼자 떨어져 이 숨 막히는 곳에서 몇 달을 견뎌내다 보니 정말 사는 것은 내 몫이란 걸 알겠습니다.

아! 그런데 절망뿐인 내게도 한 가닥 희망이 찾아왔습니다. 누가 내 위에 잔뜩 쌓여 있던 흙을 퍼 갔기 때문입니다.

"후우우! 이제 숨이라도 좀 쉴 수 있으니까 살 것 같네!"

해님의 따뜻한 기운도 내가 있는 곳까지 전해져 왔습니다.

"으음, 이제 깊은 잠에서 깨어나야겠구나!"

봄비가 촉촉하게 내렸습니다. 날이 맑아지자 해님이 습기 머금고 있는 흙을 더욱 따뜻하게 어루만져 주었습니다. 내 몸이 근질근질해져 왔습니다. 오랫동안 잔뜩 굳어 있던 내 몸이 이제야 풀리고 있는 것이지요.

나는 또 깜짝 놀라 까무러칠 뻔했습니다. 갑자기 내 몸이 곤두박질쳐졌기 때문이지요. 나는 누군가가 퍼 가는 흙 속에 딸려 들어가 어디론가 갔습니다. 어느 곳에 다다르는가 싶더니 또 한 번 곤두박질쳐지고서

야 겨우 잠잠해졌습니다. 귀 기울여 들어보
니 아이들 소리가 시끄럽게 들려왔습니
다. 아이들이 공부하고 있는 교실인
가 봅니다.

이곳에 온 이틀째 되는 날
입니다.

"에에, 오늘은 여러분들
이 가지고 온 강낭콩 씨앗
을 화분에 심겠습니다. 모
둠별로 화분을 책상 위에
갖다 놓으세요."

선생님이 강낭콩을 심는
다고 하니까 아이들 모두가
손뼉을 치며 '야아아!' 소리
쳤습니다.

"여러분, 씨앗은 보통 씨앗
크기의 세 배 정도 깊이로 심어
요. 그런데 강낭콩은 씨앗이 크니

까 그것보다 조금 덜 깊이 심어도 돼요. 그러면 자아, 심어 보세요.”

아이들 소리가 떠들썩했습니다.

그렇게 강낭콩을 심고 난 뒤부터 당번 아이들은 잊지 않고 화분에 물을 주었습니다. 덕분에 목말랐던 나도 물을 흠뻑 먹을 수가 있었지요. 그런데 말입니다. 나는 그만 흙 위로 내 몸이 드러나고 말았습니다. 물뿌리개로 물을 주어도 내 몸의 물기는 이내 말라 몸이 다시 굳어져 버렸습니다. 봄이 가고 여름이 왔는데도 흙 위에서 이리 뒹굴어지고 저리 뒹굴어지며 슬픈 나날을 보내었습니다. 그동안 강낭콩은 아줌마가 되었습니다. 귀여운 아기들을 조롱조롱 달고 행복하게 살고 있지요. 그 모습을 지켜보기만 해야 하는 내 마음이 어떨지 여러분은 생각해 보았는지요? 난 아직도 흙 위에 나뒹굴어지기만 하고 있잖아요.

어느 날이었습니다. 아! 드디어 내 몸이 흙에 묻혔습니다. 물뿌리개로 물을 줄 때 내 몸이 물줄기에 밀려 흙구덩이에 들어가게 되었고, 그 위에 흙이 덮인 것입니다. 이제야 살았습니다!

'아! 내가 이러고 있을 때가 아니지!'

나도 눈을 떠야지요.

엉켜 있는 강낭콩 아줌마의 발 사이로 내 발을 쏙 내밀었습니다. 첫발을 내딛는 이 감격을 어떻게 말할까요? 천 리라도 단숨에 달려갈 것만 같습니다.

"야아! 이제 나가자!"

"어엉? 어떤 녀석이 내 발을 간질이냐!"

"전데요."

"이잉? 쬐끄만 녀석 넌 도대체 누구니? 누군데 남의 발을 건드리고 그래?"

나는 덩치 큰 강낭콩 아줌마의 말에 움찔했습니다.

"저요? 저 저는요, 하 하늘고추에요. 요 요기에 좀 살게 해 주세요."

"누구 맘대로. 누구 맘대로 여기 살아?"

"그러면 어떡해요? 내 맘대로 어디 갈 수도 없잖아요."

"그래도 저리 가!"

"아줌마, 너무 심하세요. 가라니요?"

"안 가면 어떡할 거야? 남의 집에 들어와 있는 주제에! 너 말이야, 여기 살아도 우리한테 눌려서 살지도 못할걸. 그러니까 좋은 말 할 때 다른 곳으로 가! 꺼져!"

강낭콩 아줌마는 날카로운 목소리로 으름장을 놓았습니다. 나는 두렵기도 했지만, 화도 났습니다. 그래서 약하게 보여선 안 되겠다는 생각도 들었습니다.

"꺼지라니요? 아니, 아줌마! 제가 가긴 어딜 어떻게 가요? 아줌마도 그건 알잖아요, 우린 처음부터 우리 마음대로 살 곳을 정하는 것이 아닌 걸요!"

강낭콩 아줌마도 큰소리칠 일만이 아니란 걸 모를 리 없지요. 먼저 터를 잡고 살았을 뿐이지 처지는 나하고 다를 것이 없거든요.

"그 그래도 나 나가!"

"아줌마가 아무리 그래 봐도 전 어쩔 수 없어요. 남의 집요? 나보고 남의 집에 들어왔다고 했지요?"

"그 그래!"

"먼저 여기에 들어온 걸로 치면 내 집이란 걸 몰라요? 그러니까 좀 따지지 마세요. 아줌마는 언제 내 땅 네 땅, 내 집 네 집 그렇게 나누었어요?"

"모 몰라!"

"그것도 모르면서, 치이! 그건 사람들이나 그러는 거라고요. 아시겠어요?"

"......"

이렇게 해서 우리는 더는 내 집이니 네 집이니 큰 싸움은 하지 않았습니다.

이제 나도 자꾸자꾸 몸을 위로 뻗고 자꾸자꾸 발을 내렸습니다. 강낭콩 아줌마의 발도 비집으면서…….

"야! 너 왜 자꾸 남의 발을 건드려? 신경질 나게!"

"미안해요. 그런데 어쩔 수 없잖아요? 아줌마가 조금만 양보해 주면 안 되겠어요?"

"나도 어쩔 수 없어! 이 좁은 땅에 살려니까 나도 힘들어! 더구나 난 이 많은 아이까지 키워야 하잖아. 그러니까 자꾸 방해 좀 하지 마!"

"알았어요. 죄송해요."

"먼저 네 발 이거 저쪽으로 좀 치워줘."

"네네, 죄송합니다."

"넌 맨날 '죄송해요. 죄송합니다' 이 말밖에 몰라?"

"네, 알겠습니다. 정말 죄송합니다."

"아이 증말 짜증 나! 또 죄송합니다래."

난 겉으로는 명랑한 척했지만, 강낭콩 아줌마가 이럴 때마다 더욱 힘이 들었습니다.

며칠이 지나 나도 드디어 내 얼굴을 완전히 땅 위로 내밀고 주위를 살펴볼 수도 있게 되었습니다.

"아아, 정말 좋다! 그런데 여기가 어디지?"

"어디긴 어디야. 땅 위지."

"그게 아니고요. 땅 위 어디냔 그 말이지요."

"너무 좋아하지 마라. 여긴 네가 생각하는 그런 너른 세상은 아니다."

"아이참! 교실이란 건 잘 알아요. 어느 학교 몇 학년 몇 반 뭐 그런 거 좀 말해 보세요."

"알았어. 여긴 동화초등학교 4학년 2반 교실이야. 꽃교실이라고도 하지. 우리가 뿌리박은 곳은 긴 화분이고, 화분이 놓여 있는 곳은 창가야. 이 정도면 알겠니, 이 꼬맹아?"

"내가 왜 꼬맹이에요?"

"그래그래 알았다. 꼬맹이라고 하지 않을게. 그런데 너 조심해야 할 게 있어. 저기 뒤에 앉은 덩치 큰 아이 있지? 이름은 창훈이라고 해. 이창훈, 별명이 '퉁퉁이 심술보'야. 걔한테 걸리면 아주 안 좋아."

"왜요?"

"너 내 얼굴 안 보이니? 이것 좀 봐."

나는 아줌마 얼굴을 다시 바라보았습니다.

"내 얼굴에 이렇게 흉한 흉터가 많이 나 있잖니. 이건 저 퉁퉁이 심술보 창훈이 녀석이 연필로 콕콕 찔러서 이렇게 된 거야. 내 얼굴 때문에 당한 설움 너는 모를 거다."

강낭콩 아줌마는 눈물을 그렁그렁거렸습니다. 그 큰 눈망울에서 주먹덩이만 한 눈물이 뚝뚝 떨어질 것만 같았습니다.

"아아, 그랬군요!"

나는 두려운 마음으로 조심스레 목을 빼어 다시 교실을 한 바퀴 휘이 둘러보았습니다. 아이들이 이리저리 뛰어다니며 시끌벅적 떠들어대었습니다. 내 옆을 보니 강낭콩 아줌마만 있는 게 아니었습니다. 괭이밥, 개비름, 쇠비름, 까마중, 강아지풀, 바랭이풀 언니 오빠들도 내 앞서 자라고 있었습니다. 나는 어느새 그 언니 오빠들과도 친해졌습니다.

그런데 큰일이 일어나고 말았습니다. 세상이 뒤집힐만한 끔찍한 일 말에요. 강낭콩 관찰하던 4학년 2반 아이들에게 언니 오빠들 모두가 뽑혀버리고 만 것입니다. 발이 잘린 언니도 있고 온몸이 뜯긴 오빠도 있습니다. 정말, 정말 눈 깜짝할 사이에 일어난 끔찍한 일이지요. 그런데 난 이렇게 살아남았습니다. 강낭콩 아줌마 옆에 바짝 붙어 있던 나를 미처 발견하지 못했던 것이지요. 난 눈만 동그랗게 뜨고 굳어진 온몸을 덜덜 떨고만 있었습니다.

"하늘고추야, 넌 참 운이 좋구나. 하마터면 너도 큰일 날 뻔했어. 아줌마는 말이야, 뽑혀 나간 그 아이들을 참 미워했어. 솔직히 말해서 많이 거치적거렸거든. 그런데 막 뽑혀 나가는 걸 보니까 마음이 너무 아파. 그렇지만 너라도 살아남아 정말 다행이구나!"

"강낭콩 아줌마는 참 좋겠어요. 사람들이 사랑해 주니까요. 그런데 말이에요, 난 사람들한테 참 못마땅한 점이 있어요."

"좀 그렇겠지?"

"좀 그런 게 아니고 아주 많이 못마땅해요. 아줌마는 지금 사람들의 사랑을 받으니까 지금 내 처지를 잘 몰라요."

"못마땅한 게 뭔지 말해 봐."

"말하면 뭐해요? 입만 아프죠."

"그래도 말해 봐라."

"그거요? 우리 같은 식물들은요, 사람들에게 필요하면 잡초가 아니고 필요하지 않으면 잡초라고 하는 것 말에요."

"원래 사람들은 다 그래."

"강낭콩 아줌마, 사실 말에요."

"사실 뭐?"

"사실 나도 우리 엄마 품에 있었던 작년만 해도 잡초가 아니었어요. 우리는 파란 하늘을 보며 예쁘게 자랐거든요. 사람들이 예쁘다고 정성껏 물도 주며 가꾸어 주었어요. 그런데 이렇게 잡풀이 되고 만 거지요."

"그렇구나!"

강낭콩 아줌마와 내가 조근조근 이야기를 주고받는 사이 오늘도 밤은 점점 깊어만 갔습니다. 강낭콩 아줌마도 어느새 잠이 들었습니다. 나도 스르르 눈을 감았습니다.

오늘도 4학년 2반 아이들은 아침부터 부산합니다. 강낭콩 관찰하는 날이거든요. 아이들이 모둠별로 강낭콩 화분을 하나씩 책상 위에 올려놓고 살펴봅니다. 자로 길이를 재기도 하고, 그림으로 그리기도 하고, 글로 쓰기도 합니다. 아! 그런데, 관찰하던 한 아이가 나를 발견하고 말았습니다.

"애들아, 이것 좀 봐! 이 풀 이거 잡초 아니야?"

"그래 맞아! 잡초 같아. 다 뽑아 버렸는데 이게 아직도 남아 있었네?"

나는 온몸이 덜덜 떨렸습니다. 무엇에 머리를 크게 한 대 맞은 것 같고 천지가 노랗게 보였습니다.

"강낭콩 아줌마, 나 어떡해요? 너무 무서워요!"

나는 강낭콩 아줌마를 꼭 붙들었습니다.

"으응, 사실은 나도 무서워!"

강낭콩 아줌마도 떨고 있었습니다.

"아아아!"

나는 한순간에 그만 뿌리째 뽑히고 말았습니다. 뽑히면서 흙 속에 뻗었던 내 여린 발들이 얼마나 많이 잘려 나갔는지 모릅니다. 너무 아프다 못해 그만 까무러치고 말았습니다.

정신이 들고 보니 난 강낭콩 아줌마 아래에 내동댕이쳐져 있었습니다. 온몸이 아픈 것도 아픈 것이지만 목이 너무나 말랐습니다.

"무 물! 물! 물!"

아무리 외쳐도 물은 없었습니다. 힘없이 고개를 들어보니 강낭콩 아줌마가 슬픈 표정으로 날 보고 있었습니다.

"애, 하 하늘고추야! 너 너 아 아직 안 죽은 거지? 사 살아 있는 거지?"

"강낭콩 아줌마, 난 안 되겠어요. 아줌마나 잘 살아요."

"그런 소리 하지 마. 넌 살 수 있어. 힘내!"

또 몇 날이 지났습니다. 그러나 나는 간신히 목숨을 건질 수가 있었습니다. 강낭콩 아줌마에게 준 물이 나를 적셔 주었기 때문이지요. 다시 내 발을 땅에 내리고 몸을 꼿꼿하게 세웠습니다. 그리고 억척스럽게 살았습니다.

그동안 강낭콩 아줌마는 귀여운 아기를 여럿 키워냈습니다. 그러다 보니 몸은 쇠약해졌습니다. 4학년 2반 아이들이 수학 문제를 풀 동안 이리저리 돌아다니던 선생님이 강낭콩 아줌마를 살펴보았습니다. 아니 이제는 아줌마가 아니고 할머니가 되었지요.

"으음, 강낭콩이 튼실하게 익었군. 이제는 강낭콩을 거두어들이고 뽑아 버려야겠구먼."

이틀 뒤 강낭콩 할머니는 뽑혀 나가고 말았습니다. 할머니는 기꺼운 마음으로 이 세상을 떠났지만 난 한동안 감당하기 어려울 만큼 슬펐습니다. 미운 정 고운 정 듬뿍 들었거든요. 강낭콩 할머니가 뽑혀 나갈 때 까닥 잘못했으면 나도 싸잡혀 뽑혀 나갈 뻔했습니다. 다행히 뽑혀 나가지는 않았지만 내 발 몇 개가 잘려 나가고 말았습니다. 이제 그 생각을 하니 아찔해집니다. 강낭콩 할머니가 뽑혀 나가던 전날 밤 할머니가 나에게 한 말을 잊지 못합니다.

"하늘고추야, 그동안 너를 미워해서 미안해. 아마 이제 곧 너와 헤어지게 될 거야. 이렇게 헤어지는 줄 알았으면 너에게 그렇게 못할 말도 안 했을 거고 못할 짓도 안 했을 거야. 정말 미안해. 이제 자유롭게 잘 살아. 난 그래도 내 할 일을 다 하고 떠나게 되어 기뻐."

이제 큰 화분에 나 혼자만 달랑 남았습니다. 내 세상이 되었지만, 왠지 가슴은 휑하니 비는 것 같습니다.

'아아! 이제 나 혼자구나!'

두려움도 밀려왔습니다. 이제 곧 내가 있던 화분 흙도 비워버릴 테고, 그러면 내 삶도 끝이 날 테지요. 난 잡초니까, 난 나 혼자니까 그렇게 세상을 떠나도 아무도 슬퍼해 주는 이 없을 겁니다.

그런데, 창밖을 내다보던 선생님이 가만히 나를 들여다보았습니다. 그리고 고개를 갸우뚱거렸습니다.

'이크! 난 이제 죽었구나!'

몸을 잔뜩 웅크렸습니다. 선생님은

"가만있자! 이거 무슨 꽃나무 같은데? 그래그래! 이건 하늘고추야! 이게 어떻게 여기에 자라고 있지? 빈 화분으로 두기보다는 이걸 키우면 되겠구나!"

이러더니 나를 일으켜 세우고 내 발 위에 흙을 끌어모아 꼭꼭 다독거려 주었습니다. 그리고 물도 듬뿍 주었습니다. 난 얼마나 기쁜지 몰랐습니다. 그리고 오랜만에 마음에 평화를 찾았습니다. 나를 알 아주는 사람이 있다는 게 얼마나 큰 기쁨인지 겪어 보지 않은 사람은 모를 것입니다. 난 눈물이 핑 돌았습니다.

또 이틀이 지났습니다. 마음 편하게 햇살을 받으며 한가롭게 있던 점심시간 때였지요. 그런데 말에요. 정말 그런데 말에요. 장난치며 놀던 통통이 심술보 창훈이가 슬그머니 내게로 다가오는 게 아니겠습니까! 강낭콩 아줌마 얼굴을 연필로 콕콕 찔렀다던 그 심술보 아이 알지요? 얘는 저희끼리 잘 살고 있는 개미를 괜히 발로 밟아버리고는 재미있다고 '흐흐흐' 웃는 아이입니다.

"어어? 이건 무슨 풀이야? 이게 왜 여기에 나 있지?"

그만 나를 뽑아 버리고 말았습니다.

"아아아!"

나도 모르게 소리를 질렀습니다. 내 발은 갈래갈래 뜯겨 나갔습니다. 이렇게 지독한 아픔은 아마 이 세상엔 없을 것입니다. 난 차라리 그만 죽어버렸으면 싶습니다. 그런데다 난 또 교실 바닥에 내동댕이쳐지고 말았습니다. 이제는 정말 내 목숨은 여기서 끝인가 봅니다.

"아아, 목이 마르다! 물! 물! 물!"

온몸에서 맥이 빠져나갔습니다.

얼마나 지났을까요? 내 정신이 가물가물할 때입니다. 물뿌리개로 화분에 물을 주던 4학년 2반 선생님이 깜짝 놀라 소리쳤습니다.

"으응? 얘들아! 여기 심겨져 있던 꽃나무 못 봤니? 한 시간 전까지만 해도 여기 심겨 있었는데? 이게 어떻게 된 거야?"

"선생님, 그거 잡초잖아요? 그래가지고 뽑아 버렸는데요."

퉁퉁이 심술보의 말에 아이들이 까르르 웃었습니다.

"뭐라고? 야, 이늠아! 네 눈엔 그게 잡초로 보였단 말이지? 아이고야 이늠마야, 그건 잡초가 아니야!"

선생님이 두리번두리번 살펴보시더니 교실 바닥에 떨어진 나를 발견했습니다. 아! 다행입니다. 선생님은 나를 다시 심어 주고는 아이들에게 다시는 뽑지 말라고 단단히 일렀습니다. 나는 그늘에서 하루를 지

내고서야 겨우 기운을 차렸습니다. 그렇게 목숨은 건졌지만 내 몸은 이미 무척이나 상해 있었습니다. 다시 원래의 모습으로 돌아오는 데는 꽤 여러 날이 걸렸지요.

그 일이 있은 뒤에도 난 편하게 살진 못했습니다. 깜박 잊고 내게 물을 못 주는 날에는 목이 타서 힘겨웠던 날도 여러 번 있었습니다. 더구나 공휴일이 여러 날 이어 있거나 여름 방학 때는 죽을 뻔하다 살아난 일이 한두 번이 아닙니다.

이제, 다 지나간 일입니다. 그런 어려움도 다 이겨내었기에 내 아이들이 내 품에서 이렇게 튼튼하게 자라고 있잖습니까. 빠아알갛고 예쁘게 생긴 내 아이들! 이 아이들을 다 훌륭하게 키워낸 것만 해도 난 가슴이 벅찹니다.

아아! 이제 겨울도 깊어갑니다. 내가 바깥세상에 살았다면 벌써 내 아이들을 다 떠나보내고 지금은 하늘나라에서 조용히 쉬고 있겠지요. 불행이라고 해야 하나요? 아니, 불행 중 다행이라 하는 게 맞겠네요. 내가 넓은 세상에서 살진 못해도 이렇게 따뜻한 교실 안에서 살게 된 것 말에요. 이건 정말 운명이라고 해야 하겠지요? 어쨌든 지금까지 온갖 어려움이 날 괴롭혀도 모두 끝까지 이겨내고 온 힘을 다해 아이들을 키웠습니다. 한 아이도 불행한 일 없이 다 잘 키워냈습니다.

이제는 우리 아이들에게 내가 하고 싶은 몇 마디 말만 남기고 하늘나라로 가 푹 쉬어야겠습니다.

"얘들아, 착한 우리 아이들아, 이 엄마는 참 열심히 살았어. 참으로 힘겨울 때도 있었지만, 그때마다 나는 일어섰어. 그것만은 너희에게 자랑스럽게 말하고 싶어. 다 자란 너희를 보니 이 어미 맘 든든하구나. 이제부터 살아가는 건 너희 몫이다. 난 이제 조용히 눈감고 쉬고 싶구나! 나를 위해 눈물은 흘리지 말거라. 기쁘게 갈 수 있도록 축하 노래를 불러다오. 안녕! 안녕!"

그것 봐라, 내가 뭐랬니?

우리 선생님은 좀스런 잔소리꾼입니다. 세상 부모나 선생님들은 다 잔소리꾼이니까 우리 선생님을 잔소리꾼이라고 한다고 해서 특별히 욕되게 하는 건 아니라고 봅니다. 다만 우리 선생님은 보통 사람들보다 정도가 좀 지나치다고

해야 말이 될 것 같습니다.

선생님은 우리가 아침에 동무들과 이야기 나누며 교실에 들어오느라 인사를 잠깐 잊어도 그냥 넘기는 법이 없습니다.

"안혜은! 너 인사해 봐!"

"네에? 아, 네에. 선생님, 안녕하세요?"

"그렇지. 그렇게 인사해야지. 인사도 제대로 못 하는 사람이 어떻게 예의 바른 사람이 되겠니? 그렇지?"

"네에."

그렇지만 기분이 좋을 리 있겠습니까? 다른 아이들 보는 앞에서 유치원 아기들처럼 인사를 다시 해야 하는 그 기분 말입니다. 대답은 "네에." 했지만 속으로는 '아이참, 어쩌다 인사 한 번 못한 것 가지고 선생님은 왜 하필 다른 사람 앞에 창피를 주고 그러실까!' 이렇게 생각하지요.

어떤 아이들은 이런 일도 당했다니까요. 문 연 다음 인사를 잊고 교실 안으로 들어오려고 발을 들여놓잖아요? 그러면 그 순간

"김익구! 다시 나갔다 인사하고 들어와 봐!"

이러시는 겁니다. 갑자기 그 소리를 들으면 당황하잖아요? 당황한 나머지 찌붓거리며 서 있으면 다시 선생님의 말 포탄이 펑 터집니다.

"이 녀석! 뭐 하고 있어?"

너스레 잘 떠는 익구는 이 소리를 듣고서야 "아, 네 네!" 하며 다시 문밖으로 나갔다 들어오며 인사를 합니다.

"선생님, 안녕하십니까?"

"오냐. 어서 오너라."

이러고 그냥 지나가면 좀 좋겠습니까. 꼭 뒷말을 붙인답니다.

"익구야, 너는 걸핏하면 인사하는 걸 까먹니? 까마귀 고기 먹었냐? 한 100번쯤 인사 연습하면 안 까먹겠지?"

"아이구, 선생님! 인사 연습 같은 거 안 해도 이제부터 절대로 안 까먹고 잘하겠습니다. 하하하, 선생님!"

"그래? 그런데 익구야, 그 말을 나보고 믿으라고?"

"아, 네! 절대 믿어도 됩니다!"

그 인사 타령은 우리 반 아이들에게만 하시는 게 아닙니다. 아침에 다른 반 동무와 같이 학교에 오다 현관에서 출근하던 선생님과 마주쳤습니다. 앞서 가던 나는 선생님께 인사를 했지요. 그러나 뒤에 따라오던 내 동무는 그냥 지나쳐버리고 말았습니다.

"너 이 녀석, 이리 와 봐! 너 몇 학년이지? 인사해 봐!"

이러시는 겁니다. 내 동무는 그 날 아침에 준비물 때문에 엄마한테 꾸중 듣고 학교에 오던 참인데 인사 같은 걸 생각이나 하고 있었겠습니까. 그런데 아침부터 선생님이 인사 한 번 안 했다고 가만히 가는 사람을 불러 세워 인사는 왜 안 하느냐, 너 몇 학년이냐, 인사 다시 해봐라, 이러면 기분이 좋을 리가 있겠습니까?

그런데 우리 선생님께만 인사 안 하는 것 가지고 잔소리하면 또 누가 뭐라 하나요? 한 날 아침에 다른 선생님과 같이 출근하는 우리 선생님을 또 만났습니다.

'아, 우리 선생님 오시는군! 인사해야지!'

이러고 선생님께 씩씩하게 인사를 했지요.

"선생님, 안녕하세요?"

"응, 그래. 안녕!"

선생님이 인사를 반갑게 받아 주니까 은근히 기분이 좋았습니다. 그런데 그것도 잠깐.

"야, 이 녀석아. 나만 선생이냐? 옆에 계시는 선생님한테는?"

"예? 아, 예! 안녕하십니까, 선생님?"

"그래, 안녕!"

난 다시 인사를 하긴 했지만 그만 쥐구멍에라도 들어가고 싶었습니다.

우리는 또 쉬는 시간에 장난을 좀 칩니다. 장난을 좀 친다고 했는데 우리가 뜻하는 '좀' 하고 선생님이 뜻하는 '좀'에는 차이가 있겠지요. 어

짼든 생각해 봐요. 40분 내내 공부한다고 묶여 있
었는데 어떻게 좀이 쑤시지 않겠어요? 어떤 때는
한 동무가 잡으러 가고 다른 한 동무는 달아나는 장난
도 더러 칩니다. 그러다 보면 교실이나 복도를 마구 뛰
게 될 때도 있지요. 그때 선생님은 이렇게 소리치십니다.

"이눔 자슥들! 그렇게 뛰어다니다 다치면 어떡하려고
그래? 아이고, 이 먼지 좀 봐라! 이 먼지가 다 어디로 가?
다 니들 입에 들어가, 이눔들아! 그렇게 뛰고 싶거든 운동
장에 나가서 뛸 일이지 교실에서 왜 그렇게 날뛰니, 응?
가만가만 좀 놀아라, 야 이눔들아!"

하지만 우리는 속으로 '칫! 짧은 시간에 운동장엘
어떻게 나가? 나가다가 쉬는 시간 다 갈 텐데!'
이러지요.

124

선생님이 직원회의를 하러 가시거나 잠깐 교실을 비운 사이엔 살판 났다, 하고 더 떠듭니다. 하지만 그렇게 떠든 사실을 선생님이 모를 리 없지요. 우리 반엔 선생님께 스스로 일러바치는 첩자가 있기 때문이랍니다. 우리는 그런 아이들을 정말 비겁하고, 악랄하고, 의리 없는 놈이라고 생각해버리지요.

연구실에서 학년 회의를 하고 오신 선생님이

"찬규하고 민영이 나와!"

이렇게 소리를 꽥 질렀습니다. 아이들은 까닭을 몰라 저마다 눈을 동그랗게 뜨고 선생님만 바라보았습니다.

"너희는 왜 그렇게 교실을 난장판으로 만들어? 선생님 없을 때 얼씨구나 좋다 하고 더 떠들고 말이야. 그러니까 너희는 더 나쁜 놈들이야! 발뒤꿈치 들고 복도 다섯 바퀴 조용히 걷는 연습 하고 왔!"

벌 받으러 가는 아이들은 '다른 아이들은 더 떠들었는데 우리보고만 그래!' 이렇게 중얼중얼 거리지요. 우리는 벌 받는 아이들 모습이 뭐가 좋은지 키득거립니다.

"찬규 시키 재수 더럽게 없겠다, 그치? 히히히히히……."

"우와아, 나도 막 뛰어다니며 장난쳤는데 안 걸렸네, 휴우우!"

"키키키키키! 찬규 시키하고 민영이 까시나 둘이 보기 좋겠구만, 키키키키키……."

"맞어. 둘이 신랑각시라 하고 손잡고 '딴 따따따아' 걷는 연습 하면 더 보기 좋겠지? 히히히히히…….

선생님이 다시 우리를 보고 소릴 꽥 질렀습니다.

"시끄러! 네 녀석들은 뭐가 신이 나서 그렇게 낄낄대냐, 낄낄대길! 네 놈들은 안 떠들었어? 엉큼한 녀석들!"

그러면 아이들은 저한테 불똥이 또 튀길까 봐 슬그머니 고개를 숙입니다. 그러다 다시 찬식이가 킥킥거렸습니다. 아이들 모두가 킥킥거렸습니다.

"시끄러! 또 찬식이 네 녀석이 불붙였지? 이눔 자슥!"

여자아이들은 흔히 계단 오르내릴 때도 손을 잡고 다닐 때가 많습니다. 그걸 본 선생님은 또 가만히 있지를 못하지요.

"넘어지면 큰일 나. 손 놓아요!"

우리가 어디 유치원 아기인가요? 손잡고 간다고 넘어지게. 어깨동무 하고 가도 안 넘어지는데 말예요. 그래서 그냥 못 들은 체하고 갑니다.

"너희! 선생님 말이 안 들려? 그러다 넘어져 크게 다쳐 봐야 정신을 차리겠니?"

우리는 그때서야 슬그머니 손을 놓습니다.

하기야 선생님의 잔소리를 자장가로만 듣다 얼마 전에는 큰일을 터트리기도 했지요. 우리 반 형민이가 계단 난간을 타고 내려오다 그만 바닥에 처박히고 만 것입니다. 다행히 이는 부러지지 않았지만, 입술이 몹시 터져서 피범벅이 되고 돼지주둥이처럼 부어올랐지요. 그날 우리는 정말 꼼짝없이 30분이나 잔소리를 들었습니다.

"이눔 자슥들! 내가 난간에 기대어 서지도 말라고 했지! 그런데 그 난간을 타고 내려와? 더 큰 사고 나고서야 정신을 차릴래, 응? 그리고 한식이 너 이눔 자슥 너는 왜 창틀에 올라갔어, 으응? 이눔 자슥아! 거기서 떨어지면 어떡하려고 그래?"

선생님이 그렇게 잔소리를 해대도 아이들은 언제 그런 소리 들었느냐는 듯 장난은 끝이 없습니다. 며칠 전에는 서로 복도 끝 모퉁이를 급히 마주 돌아가다 병일이하고 혜민이가 부딪치고 말았지요. 그냥 보통 부딪친 게 아니고 혜민의 이마가 터져서 피가 줄줄 흘러내리기까지 했답니다. 우리는 '기어코 큰일을 내고야 말았구나!' 생각했습니다. 선생님은 손으로 혜민이 이마의 상처를 누르고 보건실에 데리고 갔습니다. 혜민이는 병원에 가 다섯 바늘이나 꿰매었습니다. 병일이 앞니는 다른 아이보다 특별히 좀 튀어나왔는데 그 앞니하고 부딪친 것이지요. 불행 중 다행인지 병일이 앞니는 괜찮았습니다. 아! 그때 선생님의 잔소리,

말도 마세요. 그래도 뭘 어쩌겠습니까. 선생님 속을 몹시 썩이는 사고를 쳤는데요, 뭐.

대한민국 어느 학급에서나 다들 그렇게 하겠지만, 우리 반은 또 쓰레기를 잘 분리해서 버리지 않으면 안 됩니다. 쓰레기는 쓰레기대로 재활용할 수 있는 종이는 종이대로 따로 모으는 것이지요. 그런데 가끔 제대로 분리하지 않고 버려서 선생님께 몹시 잔소리 들을 때가 더러 있습니다.

사회 시간에 모둠별 활동을 했습니다. 그러니까 옛 수도를 중심으로 여러 가지를 조사해서 역사 신문을 만드는 것이지요. 한참 동안 우리를 지도하다 교실을 한 바퀴 휘이 둘러보시던 선생님의 눈길이 쓰레기

통에서 멈췄습니다. 그러더니 다른 때와는 다르게 더욱 일그러진 표정을 지으시는 게 아닙니까! 선생님은 꼬깃꼬깃 접힌 종이를 엄지와 검지로 집어 위로 한껏 들고는 이렇게 말했습니다.

"이거 쓰레기통에 버린 녀석 이리 나오너라!"

그렇지만 모두 내가 안 그랬는데요, 하면서 눈만 멀뚱거렸습니다.

"이눔들 봐라! 또 안 나오네? 지난번에 이렇게 종이를 함부로 쓰레기통에 버렸을 때는 그냥 그러지 마라 하고 지나갔더니 또 이러네! 종이를 아껴 쓰지 않는 것만 해도 혼날 일인데 쓰레기통에 함부로 버리고도 모른 체해? 숨기지 말고 얼른 나오너라!"

그래도 아이들은 난 아니라는 표정들뿐입니다. 어떤 아이들은 투덜거리듯 수군대기도 했습니다.

"야! 누가 그랬는지 그랬으면 솔직히 말해라! 우리까지 혼나잖아! 에이씨, 쯧!"

"그래! 솔직히 말하면 선생님이 용서해 준다고 했잖아. 빨리 말해라!"

"누가 그랬는지 양심 속이지 말고 말해라!"

우리를 둘러보고 있던 선생님은 누구도 그랬다는 말이 없자 화가 몹시 나셨는지 수군거리는 우리를 보고 소리를 꽥 질렀습니다.

"시끄러! 안 그랬으면 가만있지 왜 시끄럽게 떠들어? 이눔 자슥들, 틀림없이 우리 반 아이가 그랬을 텐데도 안 나오네? 모두 다 같이 혼나야 되겠는걸!"

아이들은 자기에게 불똥이 튈세라 더욱 마음이 바빠졌습니다.

"야! 그랬는 사람 빨리 나가라!"

"그래! 우리까지 혼난다, 얼른 나가라!"

"누가 그랬어? 솔직히 말하면 선생님이 용서해 준다 아니가. 얼른 말해라!"

모두 입이 툭 튀어나와 있습니다. 종이를 쓰레기통에 아무렇게나 버린 아이를 원망하는 표정이지요.

"모두 시끄럽다! 이 종이를 살펴보면 알겠지!"

모두 숨을 죽이고 선생님이 펴는 종이쪽지를 쳐다보았습니다.

"여기에 큰 글씨로 '한성'이라고 적혀 있는데? 그렇다면 다 밝혀진 것 아니냐! '한성'을 조사한 모둠이 어느 모둠이지?"

그러자 아이들의 눈길이 모두 6모둠 쪽으로 쏠렸습니다.

"6모둠이가? 이눔 자슥들! 6모둠 모두 일어섯!"

아이들은 서로 아니라는 표정을 지으며 찌붓찌붓 일어섰습니다.

"이래도 안 나올 테야?"

그래도 누가 그랬는지를 말하지 않았습니다. 서로들 쳐다보면서도 난 아니랍니다.

"이눔들 봐라! 정말 끈질기네? 너희 모둠 다 같이 혼 좀 나야겠다. 앞으로 나왓!"

선생님은 회초리를 들었습니다.

"모두 꿇어앉아!"

우리 반 아이들 눈이 모두 둥그레졌습니다. 앞에 나온 아이들은 덜덜 떨며 무릎을 꿇어앉았습니다.

"발바닥을 때리겠다!"

그러더니 선생님은 회초리를 높이 쳐들었습니다. 맞는 아이는 눈을 질끈 감았습니다. 그걸 보는 다른 아이들 눈은 더욱 둥그레졌습니다. 선생님은 소리가 휙 나도록 회초리를 내려쳤습니다.

"딱!"

어어? 선생님은 아이들의 발바닥이 아닌 교실 바닥을 친 것입니다. 눈을 둥그렇게 뜨고 입을 딱 벌렸던 아이들은 '휴우' 긴 숨을 내쉬었습니다.

"내가 차마 너희를 매로 때릴 수는 없고 이렇게 바닥을 쳤다. 그렇지만 매섭게 매를 맞았다고 생각해! 모두 들어갓! 아마 양심이 있다면 모둠 동무들까지 혼나게 만든 그 사람은 괴로울 것이다. 너희 모둠 다 혼나는 까닭은 누가 그랬는지 대충 알 터인데 말하지 않았기 때문이기도 하다. 다시는 그런 짓 하지 말기 바란다!"

선생님의 잔소리는 점심 먹을 때도 빠지지 않습니다. 알맞게 받아서 깨끗이 먹어라, 바르게 앉아서 먹어라, 이야기 너무 많이 하지 말고 먹어라, 식판에 음식을 조금이라도 붙여 놓지 마라…… 이런 잔소리를 듣고도 식판 검사를 맡아야 합니다. 먹기 싫은 음식을 남겨서 버리는 일은 없는지, 깨끗이 먹었는지 살펴보는 것이지요. 입에 익숙하지 않아 잘 먹지 못하는 음식도 그냥 버리면 안 됩니다. 세 번 정도는 반드시 맛을 보아야 합니다. 우리의 혀는 인스턴트 음식에 길들어져 있잖아요? 그래서 혀가 자연식품에는 거부반응을 일으킨다는 것이지요. 그러니까 자연의 맛에 익숙하도록 길을 들여야 한답니다. 맞는 말이지만 갑자기 먹으려니 참 힘겹습니다. 또 음식이 식판에 조금이라도 붙어 있으면 그게 씻겨 내려가 물을 오염시킨답니다. 선생님은 또 무엇보다 귀한 음식을 버려서는 안 된다면서 눈곱만한 나물 조각 하나 식판에 붙어 있어도 다 긁어 먹게 합니다. 그러니 우리가 얼마나 짜증이 나겠습니까. 그래서 나쁜 줄 알면서도 그걸 피하는 수법을 우리가 만들어 내기도 했지요.

그 첫째 수법은 못 먹는 음식을 동무들과 서로 바꾸어 먹는 것이지요. 물론 선생님이 볼 때 그러면 벼락이 떨어지겠지요. 그렇지만 눈 깜빡할 사이에 슬쩍 바꾸면 아무리 귀신같은 우리 선생님도 모른답니다. 둘째 수법은 먹기 싫은 것을 선생님 몰래 식탁 밑에 슬쩍 버리는 것입니다. 한꺼번에 버리면 안 돼요. 조금씩 분산시켜 버려야 합니다. 셋째 수법은 이렇게 하는 것입니다. 다른 음식은 다 먹고 먹기 싫은 음식만 남았을 경우인데, 선생님 앞에 가서는 배가 아파 더는 못 먹겠다고 엄살을 부리는 것입니다. 그러면 선생님은 "그래? 그러면 모아서 버려라." 이렇게 말하지요. 그렇지만 뒤돌아서면 속으로 "야호!" 하고 외친답니다. 넷째 수법은 좀 위험한 수법인데 먹기 싫은 음식이 남아 있으면 일단 식판을 선생님 눈높이보다 조금 높게 들고는 "선생님, 먼저 가겠습니다." 하고는 얼른 나와 버리는 것입니다. 선생님이 점심 드시느라 미처 보지 못하는 틈을 노리는 것이지요. 다섯째 수법은 반찬 더 받으러 가는 척하며 검사도 안 받고 가버리는 것입니다.

선생님이 모두 다 잘 속아 넘어가느냐고요? 그럴 리가 있겠습니까. 어쩌다 한 번 걸리면 그동안 음식을 잘 먹어 왔어도 믿지를 않습니다. 교실에 오면 선생님께 잔소리 소나기를 흠뻑 맞아야 하지요.

"네놈들은 밥 먹을 자격 없다! 음식 찌꺼기 붙여 놓지 말라고 했지?

네놈들이 물 오염시키는 범인들하고 뭐가 달라! 그리고 혀가 바보가 되어 있는 판에 선생님 속이기까지 해? 네 이놈들을 그냥! 네놈들은 앞으로 내 바로 앞에서 밥 먹어야 한다. 알았어?"

며칠 전 점심시간이었습니다. 점심을 먹고 교실에 오니 몹시 심심했습니다. 그래서 괜히 병일이 발을 슬쩍 걸고는 막 달아났습니다. 병일이도 심심했던지 나를 막 따라왔습니다.

"얌마! 거기 안 서? 거기 서라!"

나와 병일이는 온 복도와 교실을 뛰어다녔습니다. 그런데 병일이를 피해 교실로 급히 막 뛰어 들어올 찰나였습니다. '퍽!' 소리와 함께 '쿠당탕! 창, 차르르!' 소리가 나고 내 입에서는 "억!" 소리가 튀어나왔습니다. 교실 문이 넘어져 유리가 몽땅 박살이 나고 만 것입니다. 아이들이 와르르 몰려와 입을 벌린 채 눈을 동그랗고 뜨고 바라보았습니다. 나는 다행히 문이 넘어진 곳에서 조금 떨어진 곳에 나뒹굴어졌습니다. 마침 문 옆에는 다른 아이들도 없었고요.

내가 어찌할 바를 모르고 덜덜 떨고 있을 때 선생님이 급히 달려왔습니다.

"민호야! 너 괜찮아?"

"네? 네!"

"정말 괜찮은 거지?"

"네, 서 선생님!"

"그럼 됐다! 휴우!"

그래도 나는 멍하니 서 있었습니다.

"너 뭐해? 빗자루하고 쓰레받기 가져오잖고?"

"네에? 아, 네!"

나는 얼떨결에 비와 쓰레받기를 가져와 깨어진 유리조각들을 쓸어 모으려고 했습니다.

"안 돼! 유리 밟으면 위험하니까 넌 저리 가 있어!"

그러더니 선생님은 유리를 쓸어 모으기 시작했습니다. 다른 아이들도 가까이 오지 못하도록 엄명을 내렸습니다. 선생님은 한참 만에 유리를 다 쓸어 담은 뒤 문을 제자리에 끼우고는 멍하니 서 있는 나에게 싱긋이 웃으며 이렇게 한마디 했습니다.

"그것 봐라, 내가 뭐랬니?"

선생님은 유리 쓸어 담은 쓰레기통을 들고 복도 저쪽으로 성큼성큼 걸어갔습니다. 나는 머리 희끗희끗한 우리 선생님의 뒷모습을 멍하니 바라보기만 했습니다. 거기에는 좀스런 잔소리꾼이 아니라 어마어마하게 큰 산이 걸어가고 있었습니다. 난 그만 눈물이 핑 돌았습니다.